LE CERCLE DE CENDRES

Félix Ravenelle-Arcouette

LE CERCLE DE CENDRES

HÉLIOTROPE
NOIR

Ce roman est une œuvre de fiction. Toute ressemblance avec des personnes existantes ou ayant existé ne saurait être que fortuite.

Maquette de couverture et photo: Antoine Fortin
Maquette intérieure et mise en page: Yolande Martel
Révision du kanien'keha: Trina Stacey

Catalogage avant publication de Bibliothèque et Archives nationales du Québec et Bibliothèque et Archives Canada

Titre: Le cercle de cendres / Félix Ravenelle-Arcouette.

Noms: Ravenelle-Arcouette, Félix, 1981- auteur.

Collections: Noir (Héliotrope (Firme))

Description: Mention de collection: Héliotrope Noir

Identifiants: Canadiana 20190021292 | ISBN 9782924666883

Classification: LCC PS8635.A924 C47 2019 | CDD C843/.6—dc23

Dépôt légal: 3e trimestre 2019
Bibliothèque et Archives nationales du Québec

Héliotrope reconnaît l'appui financier du gouvernement du Canada. | Canadä
Héliotrope remercie le Conseil des arts du Canada et la Société de développement des entreprises culturelles du Québec (SODEC) de leur soutien.
Héliotrope bénéficie du Programme de crédit d'impôt pour l'édition de livres du gouvernement du Québec, géré par la SODEC.

IMPRIMÉ AU CANADA

À ma mère

Entre 2008 et 2010, avec un projet de fiction en tête, je me suis rendu à plusieurs reprises à Kahnawake et à Kanesatake pour en apprendre davantage sur ces territoires. J'ai eu la chance d'y rencontrer des hommes et des femmes mohawks de toutes les générations, qui m'ont ouvert leurs portes et parlé avec beaucoup de générosité. Ce roman, sans eux, n'aurait pas vu le jour, et je les remercie de tout cœur.

F. R.-A.

PREMIÈRE PARTIE

Kahnawake

Un monde se meurt, un autre tarde à naître, et dans ce clair-obscur surgissent les monstres.

ANTONIO GRAMSCI

Qui est-ce qui m'apprendra ce qu'il y a de plus agréable à Dieu afin que je le fasse ?

KATERI TEKAKWITHA

1

On l'appelle du monde des rêves. On lui parle, mais le songe est plus fort. La voix de son père murmure son nom : « Jenny ?... Jenny... »

Jenny ouvre les yeux. Elle a l'impression de revenir d'un long voyage. Son corps doit attendre son esprit avant de pouvoir bouger. Sa traversée quotidienne dans un espace intérieur infini, dans un temps vide de temps, s'achève avec la montée du soleil.

C'est lundi, il est 6 h 40. Se lever avec l'aube relève de l'exploit. Il y en a qui le font pour aller chasser ou pêcher avec leur père, mais Jenny n'a plus de lien avec le sien depuis longtemps. Déjà six ans depuis son départ – il ne s'est pointé que brièvement il y a deux ans, pour l'enterrement de sa femme. L'illusion de sa présence se dissipe chaque matin.

Le pow-wow annuel s'est déroulé durant la fin de semaine, et elle endure un mal de tête carabiné doublé de douleurs aux jambes ce matin. La douche lui fait du bien.

Elle prépare des œufs et du maïs hominy en crème pour quatre personnes, ouvre deux boîtes de nourriture pour Chinook, un husky gris, et Bazooka, un mastiff beige à gueule noire – les chiens de son frère, Dave. Elle devra le réveiller bientôt pour arriver à l'heure au travail, mais il vaut mieux attendre jusqu'à la dernière minute. Elle ne veut pas qu'il grogne. Elle a dansé sans s'arrêter tout le long de la fête, qui est terminée depuis peu. Il a bu toute la nuit, et dort maintenant comme un ours.

Sur le grand sofa du salon, visible depuis la cuisine, Jeff se repose. Le cousin de son ex est partout depuis qu'elle a rompu. Elle ne compte plus les prières qu'elle a dû faire pour apaiser la rage de Floyd ; elle tremble encore quand elle se repasse les épisodes de cette rupture : les cris, les menaces, les coups de poing dans les murs.

Le bruit que fait Jenny en cuisinant réveille Jeff. Il la salue, se frotte les yeux, puis replace ses longs cheveux lisses qui lui tombent sur le visage. Il est blême mais assure qu'il n'a pas faim. Jenny n'insiste pas ; elle avale son déjeuner en vitesse, prend un biscuit pour chien et sort de table ; elle cogne une fois à la porte de la seule chambre de la maison, puis entre. Elle tire les rideaux, ouvre la fenêtre, casse le biscuit en deux, puis siffle les chiens ; quand ils s'amènent, elle dépose les deux parts de biscuit près du visage de son frère. Le soleil orange dissout la brume du matin. Chinook et Bazooka se fourrent tour à tour la gueule sous l'oreiller, chatouillent le jeune homme endormi de leur truffe mouillée, puis ils se sauvent la gueule pleine quand Dave se retourne brusquement.

—David ? Dave ! *Hánio, satkétsko !* – allez, lève-toi !

Dave enfouit de nouveau son visage sous l'oreiller. Elle lui tord un pied – c'est ainsi que leur père le réveillait. Il marmonne qu'il est trop tôt pour se lever. Elle lui secoue la cheville.

—Quoi ? Qu'est-ce tu veux ? Je dors !

—S'il te plaît, Dave. J'ai besoin d'un lift pour aller à Châteauguay.

Dave s'assoit, regarde son réveil, retombe dans son lit.

—Y'est ben trop tôt. Et je suis occupé aujourd'hui, j'ai quelque chose à faire à Montréal.

—Je t'en supplie, c'est pour le travail. Je vais m'arranger pour le retour, mais là j'ai personne et je travaille dans une heure.

Dave bouge les épaules pour faire décoller la chemise trempée de sueur dans laquelle il a dormi. Il se passe une main sur le visage, se lève, change de caleçons, enfile ses vieux jeans noirs. Il frotte son miroir, tellement poussiéreux qu'il ne réfléchit plus rien. Son teint, ses yeux, ses cheveux, tout lui semble plus sombre que la veille. Avec de la cendre de cigarette qu'il accumule dans un pot, il fait tenir sa crête de trois centimètres. Mais ses cheveux sont trop fins, ils retombent sur le côté. Faudra enlever deux centimètres et raser les tempes de près. En attendant, il opte pour une casquette, puis répond enfin :

—Bon, OK. Mais faut que je passe chez Bob avant, Nick a besoin d'outils. Faut que je ramasse Forrest aussi.

—Comme tu veux. Faut se dépêcher, d'abord. J'ai fait le déjeuner.

Frère et sœur sortent de la chambre. Dave fait chauffer de l'eau dans sa vieille bouilloire de métal et se prépare un café instantané en versant les grains directement dans la tasse. Il s'allume une cigarette en attendant silencieusement près du rond de poêle. Jeff joue sur la console de Dave ; il salue son ami sans détourner la tête de son jeu de guerre.

Dave se sert avant que la bouilloire ne fume, et Jenny refuse la tasse tiède qu'il lui offre. Elle grimace en regardant son frère boire d'un trait ce breuvage sans doute infect. Il agrippe sa barre transversale, fait quelques tractions, puis dit, en s'étirant les bras :

—C'est l'heure, Jeff. Aujourd'hui, je te montre comment ça fonctionne.

Jeff appuie sur le bouton pause de la manette, étire le col du vieux chandail râpé de Rage Against the Machine qu'il a emprunté à Dave, place ses longs cheveux derrière ses oreilles et envoie un regard nerveux à son ami.

—Ah oui? OK. Ça fait un bout que j'ai pas été à Montréal...

—Ça va te changer des écrans, en tout cas. On passe au garage, on va chercher ton cousin, et on y va.

Jenny s'interpose:

—Euh, tu m'oublies déjà? Je travaille dans une heure, moi.

Jeff se lève, lance un regard agacé à Dave.

—Mon cousin? Lequel? Regarde, Dee, la priorité, c'est d'aider Jenny, on fera ça un autre jour.

—Ton cousin Forrest. Y va à Montréal aujourd'hui. Je lui ai dit qu'on avait quelque chose à faire là-bas, on fera d'une pierre deux coups. Un deal, c'est un deal, Jeff, tu peux pas repousser ça. Pis oui, Jenny. On part bientôt, c'est beau.

Jenny hausse les épaules et enfile son manteau de daim sans renchérir. Jeff parle pour casser le malaise:

—Ouain, mais Forrest, y'est toujours chien avec moi. Je suis un peu tanné des niaiseries de mes cousins. Faut vieillir, vieux...

—C'est ça qui est ça pareil, Jeff. Tu viens ou pas?

Dave attrape une pomme et sort sous le soleil montant sans attendre la réponse. Chinook et Bazooka le suivent, mais il leur fait comprendre avec l'index qu'il s'en va pour une affaire d'hommes. Jenny et Jeff sortent à leur tour et font rentrer les bêtes.

Une brise souffle autour des bungalows comme sur les quelques châteaux de la réserve de Kahnawake. En cette mi-juillet, des vents puissants rendent les journées fraîches. Un urubu se pose sur un pin solitaire près de la maison sans adresse située au fond du boisé. Tous les trois montent dans le pick-up Navara noir de Dave, qui met le contact avant d'avoir refermé la portière.

—T'as un nouveau camion ? demande Jeff en jetant un œil à l'intérieur du véhicule, déjà dans un désordre sans nom.

—Yep, mais je l'ai acheté usagé, par un contact de Bob. Toi, tu penses pas travailler cet été ?

—Bof, je sais pas, il fait chaud. Faut relaxer. Mais webmaster du poker en ligne, j'haïrais peut-être pas ça. Ça paye, c'est climatisé.

Depuis le siège arrière, voyant qu'ils ont à peine quitté la partie en gravelle de War Eagle Road, Jenny s'impatiente :

—*Satahónhsatat*, Dave, faut vraiment qu'on se dépêche.

Dave met ses lunettes fumées d'un geste cinématographique, embraye, puis longe War Eagle Road, une route entièrement bordée d'arbres. Le camion passe devant les vastes domaines à piscines creusées.

Jeff voudrait écouter autre chose que Johnny Cash. Jenny trouve un CD gravé sur le siège, le lui passe. Le disque ne se rend pas au lecteur : Dave le subtilise, le renvoie sur la banquette, et remet *Ring of Fire*. L'adolescent se cale dans le siège en faisant la moue.

Dave roule encore quelques minutes sur la route boisée, puis tourne sur Mohawk Beach Road, plus densément peuplée, avec ses maisons séparées par des haies ou des clôtures, ses piscines hors terre, ses voitures et pick-up dans les cours asphaltées. Traversant la réserve d'ouest en est, ils arrivent finalement sur Veteran's Boulevard. Dave et Jeff s'allument des cigarettes américaines, puis baissent les vitres ; le camion longe la péninsule où se trouvent encore les chapiteaux, les longues tentes et les cantines des vendeurs et artisans, vestiges épars du pow-wow annuel.

– C'est cool que t'aies été choisi pour jouer du *great drum* cette année, Dee, c'est la preuve que t'es un homme maintenant.

– T'es pas mal comique de me parler comme ça, ti-gars, mais pendant que toi t'apprenais à boire, moi j'étais dans le sous-bois avec Kim. Remarque, j'ai fini dans le fossé avec tes cousins. Je sais pas trop par quel miracle je me suis retrouvé dans mon lit, d'ailleurs.

Les deux jeunes rient de bon cœur et continuent de sourire en silence. Jenny n'a pas envie de lui expliquer que cette opération du Saint-Esprit était en fait un autre exemple de la sollicitude d'une sœur bienveillante.

En chemin vers le *smoke shop* de Nick O'Tine, le camion est secoué à cause d'un virage doublé d'un changement de vitesse rapide. Le disque de Johnny Cash saute. *Ring of Fire* recommence du début. Le cahotement envoie valser Jenny et les déchets qui jonchent le siège arrière d'un côté puis de l'autre. Elle demande à Dave de ralentir en lançant sur le siège passager un tube de colle qui s'était pris à son pantalon. Dave tire le frein à main d'un mouvement sec tout en donnant un coup de volant, ce qui soulève un nuage de poussière en face de la boîte à tabac de Nick.

Déjà hors du pick-up, Dave ordonne à Jeff de ne pas bouger. Il entre et ressort après de longues minutes, en compagnie de Forrest, le benjamin de Nick. Forrest est gras d'avoir passé son enfance à l'une des trois tables du Hamburger Heaven ; aujourd'hui encore, dans tous les aspects de sa vie, il n'a ni modération ni fond. Il va au collège privé parce que son père a beaucoup d'argent. Une grosse maison, deux bateaux, trois voitures, quatre motos. Il étudie la comptabilité et déteste ça. Forrest lance un sac à dos sur le siège arrière, fait un signe de tête à Jenny – il la connaît depuis toujours, mais la regarde encore avec la même timidité – avant de s'adresser à son cousin :

—Hey, Jeff, mon champion, qu'est-ce tu fais là ? Tu viens avec nous ? Es-tu sûr que t'as les couilles qu'y faut pour ça ? Débarque. Tu t'en vas en arrière, *kiddo.*

Une fois le changement effectué, Dave appuie sur l'accélérateur. En chemin, Forrest lui dévoile sa dernière acquisition : un revolver calibre .44 Magnum avec barillet à six coups, massif, chromé, une arme superbe avec laquelle il pointe la péninsule : c'est là qu'il a obtenu son nouveau jouet, qu'il a acheté à des motards en camping. L'arme est beaucoup mieux que son ancien .38, qui ne pouvait pas cracher des flammes par la bouche inférieure. Il dit tout cela d'un souffle, puis saute du coq à l'âne et ajoute que, pour une fois que personne de sa bande ne l'avait renvoyé jouer avec les enfants, il aurait dû accepter de faire du *car surfing* après avoir bu comme un trou la veille.

—Faut t'endurcir toi aussi si tu veux de la femme, cousin, lance Forrest à Jeff.

—Y a juste les connes qui trouvent que c'est séduisant d'avoir un gros gun ou de risquer sa vie pour le *thrill*. J'ai pas besoin de ça moi, merci. Hein, Jenny ? J'ai pas raison ?

Jenny acquiesce. Puis elle demande à Dave ce qu'ils s'en vont faire exactement, et à Forrest d'expliquer pourquoi il porte une arme. Elle ne reçoit aucune réponse.

Non loin du terrain de baseball, situé entre un *smoke shop* qui affiche sans complexe son amour des Bruins de Boston et un vieux motel à l'américaine transformé en place commerciale appelée la Kanien'kehá:ka Plaza, on trouve le Caughnawaga Garage de l'oncle Bob, une bâtisse beige au toit plat. Bob y a récemment ajouté de la décoration : une immense affiche des Canadiens de Montréal pend au-dessus de la porte. Elle est mal agrafée, le vent menace de l'emporter. Le pick-up s'arrête dans la cour goudronnée.

Bob est à l'intérieur, en train de fouiller le moteur d'un Land Rover flambant neuf. Ses cheveux brun-roux sont camouflés sous une vieille casquette de camionneur et ses sourcils broussailleux chapeautent un regard sombre. Bâti d'un bloc, ventru, le teint pâle, le verbe rare et le regard fuyant, Robert Lahache représente tout ce que Dave et Jenny ont de famille. Ils se saluent, puis Bob prend un vieux chiffon pour essuyer l'huile qui tache sa chienne de travail.

Jenny, de plus en plus anxieuse, redemande au trio de jeunes hommes ce qu'ils vont faire de leur journée. Jeff et Forrest regardent en direction de Dave. Ce dernier s'est approché de son oncle, lui parle dans l'oreille à voix basse, avec des airs de conspirateur. Jenny aimerait bien savoir ce qui se trame ; elle s'approche un peu.

—Je vais à Montréal dans une heure, fait Dave. Nick demande si tu peux fournir cinq cartons, y dit qu'il a pu de la marque du client français.

Bob acquiesce. Dave se tourne vers Jeff.

—Jeff, amène le gros sac qui est dans le coin, veux-tu ?

Jenny saisit son frère par un coude, le tire vers elle.

—Vas-tu finir par me dire ce que vous allez faire à Montréal ? Bob !

—Dis donc à ta sœur ce que vous allez faire, intervient ce dernier.

—On s'en va à une place qui s'appelle le Marché Saint-Jacques, Jen, c'est tout. Comme d'habitude, on va vendre de la boucane. Y a une rumeur qui court aussi, on va aller vérifier ça en même temps.

—Une rumeur ? Quelle rumeur ?

—Paraît qu'y a une statue d'Amherst sur la rue du même nom, ça court sur internet, mais je suis pas certain que ce soit vrai. On va aller vérifier. Si elle existe, on va retourner chercher les outils dans mon pick-up, on va la mettre à terre, l'attacher derrière mon camion et humilier sa carcasse en la traînant sur quelques rues. *Fun times.*

Jenny est sur le point de rappeler à Bob qu'il a été leur tuteur légal, mais à quoi bon ? Elle s'en prend directement à son frère :

– Dave. Me semble que tu devrais lâcher les coups de p'tit morveux. Tes vendettas historiques, on s'en fout pas mal ! Si tu te fais prendre, tu peux dire adieu à ta bourse.

– Non, Jen ! C'est pas de la délinquance, ça, c'est de l'engagement.

– Et je pourrais dire la même chose pour les deals de cigarettes. Hors du territoire, c'est illégal et risqué.

David ricane.

– Moi, Amherst, j'en ai rien à foutre en soi, mais qu'on lui érige des statues, qu'on donne son nom à des rues... Y me semble que c'est comme si y avait une rue Hitler dans le centre-ville de Berlin. Les symboles, c'est fort, Jenny. Si les Blancs sont fiers de ce que ce gars-là a accompli, moi je vais répliquer comme les Chiricahuas : la guerre jusqu'à la mort. Je suis prêt, et je suis pas le seul.

—Ah, bravo, Dave, t'es le sauveur de la nation! s'emporte Jenny, exaspérée. Ah pis *fuck*, je vais être encore en retard, moi!

Elle tape du pied, mains sur les hanches, fait les gros yeux. Ses lèvres charnues forment un rictus boudeur. Forrest retient ses railleries. Bob lâche ses soupapes et intervient:

—Écoutez, les gars. Vous êtes bruyants, et Jenny vous attend. Dave, attrape. La clé rouge pour le box, je l'ai fait changer. Prends ce qu'il te faut, écris-le sur le *pad*. Tu diras bonjour à ton père, Forrest. Allez, dégagez maintenant, j'ai du travail.

Le groupe sort en le saluant, retourne au camion. Jeff regarde le sol et Jenny regarde le ciel. Dave frappe des roches du pied en laissant les autres monter en voiture, puis s'installe derrière le volant et fonce.

En passant près de l'Old Châteauguay Road, Jeff remarque un gigantesque terrain boisé et clôturé avec, au centre du site, un bâtiment aux allures de hangar militaire, et interroge Forrest: s'agit-il d'une nouvelle manufacture de cigarettes ou d'autre chose?

La question étonne Jenny, puisque même elle connaît bien la nature de l'endroit.

—Non, Jeff, répond Forrest. C'est une extension du domaine des Moore. Il y a pas si longtemps, les motards étaient finis, mais à ce qu'y paraît le père Moore se serait affilié à une branche des Hell's. Ça repart de l'autre bord, mais ça repart. La panne aura même pas duré six mois, finalement. En tout cas, ça fait rouler l'économie.

—C'est ça qui arrive quand le droit local l'emporte sur les autres, répond Dave en accélérant. Ça fait moins de monde à soudoyer. C'est clair que les Moore sont des vraies petites putes, mais y a sûrement quelqu'un au conseil qui a quelque chose à se reprocher là-dedans. Le *folk system*, c'est pas la bonne manière de décoloniser le droit ; chaque raté remet notre souveraineté en question.

—Ben oui, Dave, toute est dans toute, toute est pourri. *Who cares ?*

Ils atteignent enfin la route 132. Forrest et Dave discutent en passant de l'anglais au kanien'keha, puis au français, ou mélangent carrément les trois langues pour former des expressions incompréhensibles aux oreilles de Jeff. Forrest parle de voitures, d'armes à feu, d'argent. Dave parle de filles, de droit criminel et de plans foireux. Jenny écoute Bob Dylan dans ses écouteurs en regardant le paysage.

C'est presque une heure trop tard qu'ils arrivent au restaurant où elle travaille. Face au Valentine, elle a le cœur qui se noue, une colère qui grandit encore quand elle entend les trois autres discuter de leur programme de la journée comme si elle était déjà partie : marijuana, bière, billard.

—Merci ? Eh, mais de rien, sœurette, bonne journée, raille Dave.

Sans répondre à ce commentaire ni aux salutations de Jeff, elle descend de la voiture et claque la portière.

2

—Dernière chance, ma p'tite. La prochaine fois, c'est la porte!

Le restaurant dégage une odeur de friture et d'eau de Javel. Jenny devait travailler à la caisse, mais s'est fait voler sa place par cette petite blonde qui la déteste. Elle sera obligée de travailler à la friteuse. Pas avant, cependant, d'avoir passé dix minutes aussi longues qu'humiliantes dans le bureau de son patron à se faire semoncer. Il est furieux.

—Jenny, je t'avais demandé d'enlever le piercing que t'as dans le nez. Tu serais *cute* si tu voulais. Enfin, on va commencer par l'essentiel, une chose à la fois, j'imagine: tu commences à 9 heures, pas à 9 h 01, pis certainement pas à 10 h 11.

Sa journée est un cauchemar de vapeur et de friture. À la fin de son quart de travail, le gérant se poste derrière elle et lui ordonne de vider les trappes à graisse avant de partir. Puis il lui tend les clés du restaurant comme s'il lui faisait un honneur infini: elle devra se charger de la fermeture, la petite blonde va partir plus tôt. Le seul client qui reste dans le resto, un vieil homme louche, lui offre son reste de café avec un sourire trop large pour être chaleureux. Jenny refuse d'un signe de la tête et retourne derrière la caisse. À 18 heures, il n'est toujours pas parti.

Elle ouvre deux portes sous un comptoir où se trouve la trappe, dévisse un bouchon situé sur le côté du récipient cubique contenant la graisse, s'interroge sur la manière dont on vide ce gros machin. Le récipient est trop lourd pour être déplacé, Jenny laisse tomber. Pendant qu'elle compte la caisse, la trappe se met à couler : elle a dû mal refermer le bouchon. L'huile de friture se répand en longues coulées jaunâtres et visqueuses sur le plancher derrière la caisse. Jenny va se percher sur le comptoir et, impuissante devant la flaque surnaturelle, crie au désespoir.

Reprenant ses esprits, elle téléphone au gérant, qui ne répond pas. Elle descend à la cave en patinant, prend quatre seaux, une trentaine de chiffons, puis remonte. Penché par-dessus le comptoir, le client regarde le gâchis avec un air amusé. Jenny lui sourit sèchement. Exaspérée, elle s'installe à califourchon et frotte à deux mains. Le jus est coriace ; il lui faut dix minutes pour nettoyer moins d'un mètre carré.

Quand elle doit tourner le dos au comptoir, elle sent encore le regard vicieux qui s'attarde sur elle. L'envie lui prend de lui balancer un seau de graisse au visage. Elle s'acharne plutôt sur le plancher, mais le gras s'immisce dans les interstices. Elle épuise rapidement la réserve de chiffons. La vadrouille connaît le même sort. Le vieux lui offre son aide. Jenny refuse, mais il insiste, passe de l'autre côté, lui prend la vadrouille des mains, lui dit de se remettre aux chiffons. Elle éprouve une irrésistible envie de pleurer. Elle se redresse, inspire profondément, tente d'appeler des amis, son frère, les proches de la famille, mais en ce lundi soir, personne ne répond.

En dernier recours, elle rappelle le patron, qui finit par décrocher. Elle lui explique la situation, soulagée d'avoir trouvé du renfort, mais il se contente de l'engueuler, la traite de conne, de bonne à rien. Il lui ordonne de nettoyer le dégât avant de fermer puisque tout ce gâchis arrive par sa faute. Lorsqu'elle lui explique qu'elle a peur du vieux, qui s'incruste autant que le gras, elle se fait raccrocher au nez.

Elle pousse un long soupir et abandonne le ménage pour tenter de rappeler son oncle ; il répond enfin au troisième coup. Le client finit par sortir.

—*Kwe* Bob, c'est moi, Jenny.

—Salut, ma belle. Comment ça va ?

—*Ketkénhtha* – mal, Bob. Est-ce que tu pourrais passer me chercher au Valentine de Châteauguay? Y a eu un gros dégât, y'est beaucoup trop tard pour que je trouve quelqu'un pour m'aider, et puis (elle chuchote), y a un vieux pervers qui m'attend dans le stationnement. J'ai un peu peur, là...

En arrière-fond, Jenny entend plusieurs voix qu'elle ne reconnaît pas. Bob doit faire une fête, ce qui n'est pas dans ses habitudes, surtout le lundi.

—Ouain. Je suis en, humm... en réunion, là. Attends un peu.

Étonnée par ses hésitations, elle entend son oncle qui demande à quelqu'un la permission de s'éclipser.

—C'est bon, j'arrive. Donne-moi une demi-heure, ronchonne-t-il.

Dans l'intervalle, le propriétaire revient. Il prend une minute à l'extérieur pour parler avec le vieux avant d'entrer. Jenny attend, assise à une table. Sans un regard pour elle, il pointe le sol, scandalisé.

—Mais monsieur, s'indigne Jenny, c'est la trappe qui a vomi tout ça. J'avais jamais vu ça, y'aurait fallu la vider depuis longtemps!

—C'est ton dégât, tu le nettoies! siffle-t-il entre les dents. Si on attend à demain, tout mon plancher va être foutu, pis crois-moi, je vais te refiler la facture.

Le patron se tient tout près d'elle, la sermonne en agitant l'index devant son visage. Jenny explose. Elle lui lance son chiffon au visage et crie :

—Ben, si c'est ça, je démissionne !

—Ah ouain ? Ben, dans ces conditions, tu seras pas payée, fille. M'as t'apprendre, moi, calvaire.

Jenny s'élance vers la sortie en retenant ses larmes. Le patron sort à son tour, s'approche du client qui attend toujours et, en ricanant méchamment, lui donne le nom de Jenny, précisant qu'elle est désormais libre, bien qu'elle ne soit pas très bonne à l'emploi. Puis il s'en va. Le vieux s'approche d'elle à petits pas.

Jenny se concentre pour mieux nier sa présence en attendant son oncle. Elle a attendu toute sa vie, elle sait s'y prendre. Chaque soir depuis des années, elle attend son père, qui est allé au travail un jour et n'en est jamais revenu. Elle pense à New York, qu'elle voudrait tant visiter, où il vit peut-être. Elle fait le vide en tentant le mouvement intérieur que lui a appris un *medicine man* local nommé Willy BigEagle, un ami de son grand-père. *Je ne suis pas moi, je suis le monde. Je ne suis pas moi, je suis le monde*, encore et encore. Elle est exténuée, c'est facile. Les gloussements et les tentatives de conversation du vieux qui se tient à quelques pieds d'elle cessent soudainement quand Jenny entend une pétarade. En ouvrant les yeux, elle voit Big Bob arriver sur une Harley Davidson rouge écarlate. Une nouvelle acquisition, s'étonne-t-elle. Elle court vers son oncle, l'étreint avec affection, monte sur la moto et se love contre son dos en serrant son manteau de daim pour se protéger du vent. Bob ne lui demande pas pourquoi elle a fini si tard, il sait bien que ce travail est merdique. Il ne dit rien. Chacun ses troubles. Jenny regarde le fast-food avec amertume alors qu'il disparaît derrière elle.

*

Une fois chez elle, Jenny a besoin de réconfort et appelle Kim, qui arrive à la rescousse dix minutes plus tard. Elles mangent en écoutant de la musique folk, puis elles s'écrasent sur le canapé. Kim aperçoit le tricot pour bébé, commencé par Jenny la semaine dernière.

—Non! Ça y est, Jenny? Es-tu enceinte? C'est qui le chanceux, on peut savoir?

Jenny lui enlève le tricot des mains et répond:

—Mais non, Kim, tu sais bien que c'est pour le tien. Vu qu'il a attrapé une petite grippe, je l'ai fait bleu. Bleu, c'est pour le Père Ciel, pour ses filles Pluie et Eau, pour la bonne santé et la guérison rapide.

—T'es fine. Fait que, finalement, les papiers de la maison, c'est pas pour tout de suite, hein?

Jenny sourit, mais ses yeux deviennent tristes.

—La maison va être officiellement à moi quand y aura un homme dedans. C'est la condition que ma mère a inscrite sur son testament. Quand je vais trouver mon homme, je vais faire un beau mariage blanc avec le gros gâteau et tout, mais avec Willy BigEagle comme officiant, pis je serai plus une étrangère dans ma propre maison. Hé, changement de sujet: savais-tu qu'y a eu une réunion chez Tina Standup avant-hier?

Kim saisit sa longue tignasse, qu'elle tient en queue de cheval un moment. Elle va brancher son iPod pour faire jouer du punk rock plutôt que le folk de Jenny. Elle répond après s'être secoué la chevelure et avoir salué le diable avec ses doigts sur les premiers accords de la guitare électrique.

—Non, je savais pas. C'est quoi?

—Ben voyons donc... T'es pas au courant pour Tiffany Morrison?

Le regard curieux et les bras suspendus de Kim, qui continue de danser, lui font comprendre qu'elle ne sait rien de l'affaire.

—Tiffany est portée disparue depuis plus qu'une semaine, résume Jenny. Elle a été enlevée près de la réserve! Elle revenait d'un bar en taxi avec un homme.

Kim ! C'est pas des jokes, arrête de grouiller. Le gars avec qui elle était serait débarqué chez lui avant qu'elle disparaisse avec le taxi. Le chauffeur est suspect, mais ils le trouvent pas. T'imagines à quel point sa mère est anéantie. Là, c'est sa sœur qui s'occupe du bébé. J'arrive pas à croire que t'étais pas au courant.

Kim est terrifiée par l'histoire. Elle cesse tout mouvement, regarde Jenny dans les yeux.

— Mon Dieu ! Mais les *peacekeepers* réussiront jamais à la retrouver seuls, ils ont même pas d'enquêteur. Pour une fois que la SQ serait utile, c'est certain qu'ils vont pas collaborer.

— On va lui tricoter un chandail, répond Jenny sans quitter le pyjama des yeux.

— Et quelle couleur le chandail, Jenny ? demande Kim en souriant, incapable de rester triste très longtemps.

— Jaune foncé. Pour la renaissance, pour le printemps qui fait réapparaître la vie, jaune pour l'espoir, le sud, et les choses qui poussent.

— C'est pas jaune, l'espoir, Jen, c'est vert. Willy, ça lui arrive d'inventer des affaires, tu sais.

— Ce que tu dis, c'est bon pour les vieux pays. Willy connaît la *vraie* symbolique des couleurs.

Jenny baisse le son du iPod et prête attention au bruit de moteur d'un camion qui s'approche. Les filles entendent le claquement des portières et des cris de coqs. Elles comprennent que les gars reviennent d'un mauvais coup qui s'est bien passé.

La porte s'ouvre sur le trio. Dave fait comme chez lui : il passe directement à la salle de bain sans enlever ses souliers ni fermer la porte, ce que Jenny s'empresse de lui faire remarquer, en vain. Forrest et Jeff reçoivent le message. Ils entrent plus discrètement, saluent, se déchaussent, cherchent un endroit pour s'asseoir dans le salon. Jenny demande, à haute voix pour que son frère entende :

— *Thé:nen sarì:waien ?*

Dave lui répond depuis la salle de bain. Sa voix couvre le bruit de la chasse d'eau.

— Hein ? Des nouvelles de quoi ?

— De Tiffany, quoi d'autre ?

— Ah non, désolé.

Jenny se tourne vers Forrest, qui hausse les épaules en s'installant près de Kim. Jeff aimerait dire quelque chose, mais n'a rien à ajouter sur le sujet.

— Ça commence à devenir inquiétant…, reprend Jenny. Vous autres, les *bad ass*, vous êtes capables de retrouver un gars dans un trou du Michigan quand il vous doit cent piastres, mais pour Tiffany, y a rien que vous pouvez faire ?

Forrest se passe la main sur la nuque, comme si ça allait l'aider à répondre.

—D'après ce que je sais, c'est le chauffeur de taxi. Les *peacekeepers* vont le retrouver, Jenny, et je te promets que le gars va se faire passer une fois en cabane. Les bœufs vont faire une moitié de la job, ses codétenus feront l'autre.

Assis face à sa sœur dans le fauteuil de leur mère, Dave roule puis allume un joint. Jeff profite du moment de silence pour s'asseoir près de Jenny, qui chasse la fumée de son visage avec la main.

—T'as l'air énervée. C'est la job ?

Jenny roule des yeux.

—J'ai sacré ça là, lance-t-elle. Le boss était vraiment trop salaud.

—Qu'est-ce qui se passe, t'aimes pas ça, faire cuire des saucisses et frire des patates ? commente Forrest, moqueur. Bah, inquiète-toi pas avec ça, si t'as besoin d'argent, on va t'en refiler.

Dave semble amusé.

—T'auras jamais réussi à garder une job pendant plus que deux semaines, commente-t-il.

—Vous comprenez rien, réplique-t-elle en fixant Dave avec émotion. Ça a vraiment été la pire journée de travail de toute ma vie. Le gars me met à la porte et refuse de payer ma semaine. *Anyway*, j'aurais eu à partir lundi pour être présente au Conseil des Sœurs.

Jeff se lève et, les yeux scintillants, déclare :

—Ça se passera pas de même ! Je vais te venger, moi, Jenny. On va lui faire bouffer ses dents, à ce pourri-là ! Je vais te la ramener, moi, ta paye, tu vas voir !

Jenny lui fait un signe de main pour qu'il se rassoie. Dave et Forrest se regardent, pouffent et s'échangent le joint. Jeff laisse tomber ses idées héroïques pour un temps.

—Et puis, Dave, as-tu eu le temps de lire le *Gaiwiio* d'Handsome Lake ?

—Pour le moment, faut que j'étudie le français, sœurette. J'ai mes examens dans deux semaines, faut que je me concentre.

—Ah, OK. Maître Lahache... ça sonne bien. Dans quatre ans, tu vas être avocat, et un bon en plus. Tu reviens d'une session d'étude, là ?

—Ouais, on peut dire ça, fait Dave en souriant.

Jeff l'empêche de répondre.

—En tout cas, t'étais la plus belle dans ton costume en fin de semaine, Jenny. Et t'as bien dansé, comme d'habitude.

L'intéressée sourit du coin des lèvres et se tourne vers Kim, qui n'en a que pour Dave. Le père du fils de

Kim s'est sauvé dans l'État de New York l'an dernier, juste avant qu'elle accouche. Depuis un an, Kim et Dave ont une liaison que Jen juge sympathique mais sans avenir.

Ils discutent encore un peu jusqu'à ce que la conversation s'enlise puis, sans plus de cérémonie, Jenny prétexte un coup de fatigue pour mettre tout le monde dehors. Elle éteint enfin l'iPod que Kim a oublié, fait un peu de ménage avant de s'installer dans son lit pour lire quelques pages du *Gaiwiio*, puis elle se met en route pour les contrées du rêve.

3

Le lendemain matin, inquiétée par ses frasques de la veille à Montréal, Jenny va chez son frère et entre dans sa chambre comme si c'était la sienne. Elle s'assoit au pied du matelas et l'appelle avec douceur. Dave frissonne, grogne, puis se retourne, mais il fait un tour complet, enfouit son visage dans son oreiller, refuse de se réveiller. Comme d'habitude. Son vieux réveil à affichage numérique indique une heure trop tôt; il a oublié de l'ajuster en mars dernier, ne l'a toujours pas fait depuis. Jenny se couche par-dessus lui pour changer l'heure. Il se retourne, sursaute, rencontre le visage de sa sœur très proche du sien.

—Tu t'entraînes pour le prix du plus grand dormeur? Faudrait que tu changes tes habitudes, Dave... l'école commence bientôt. T'étais censé faire une journée d'étude aujourd'hui.

Elle tire doucement la couverture.

—Ça fait longtemps qu'on a pas jasé. *Oh niiohtonhátie?* – comment ça va?

—Hein ? Correct, Jenny.

—La vie, les amours ? Ça va ?

—Je sais pas, Jen, je me sens *weird* ces temps-ci. Je sais pas comment dire.

Elle lui lance une pomme, qu'il attrape et croque.

—Essaie donc.

Il mâche, avale une bouchée, grimace ; sa carie le fait souffrir.

—T'es drôle. Ben, comment dire ? Je me sens ballotté dans des états extrêmes ces temps-ci. Soit je suis fâché, tout le temps pogné avec une boule de rage, soit... ben... je suis juste *down*.

—Contre quoi t'es fâché ?

—Je sais pas, bonne question. Tout, rien de précis. En tout cas, pourquoi on parle de ça au juste ?

—C'est parce que t'es à la croisée des chemins et qu'il faut que tu choisisses ton sentier. Moi, avant de trouver, je pleurais tout le temps. Surtout après la mort de maman. Mais depuis que BigEagle m'a dit qu'il trouve qu'y a quelque chose à faire avec moi, c'est l'inverse. Toi, ton problème, c'est que t'as aucun modèle, mais t'es quand même influençable. S'impliquer, pour les Warriors, ça suffit pas et tu le sais. Le bac, ça va t'enligner, c'est certain. Tu vas trouver ton rôle, et tout va se replacer.

Dave hoche la tête. Son cœur gonfle à mesure qu'il tente de se figurer son avenir. Vertigineuse perspective ; il allait se lever, doit se rasseoir pour cause de basse pression. Sa sœur le scrute, la panique monte. Les yeux de Dave se ferment, il voit un trou noir, une spirale sans lumière. Le vertige passe rapidement.

—Ouain, j'espère.

—Comment ça se passe avec Kim ? Tu lui as à peine parlé hier soir. Vous vous voyez souvent ?

Dave soupire, s'allume une cigarette, réfléchit un moment.

—Son fils ressemble trop à son père. Et puis, une femme, ça devrait alléger les soucis, pas l'inverse. Kim fait juste en rajouter tout le temps avec ses millions de petits problèmes. Enfin... et toi ? Penses-tu revoir Floyd ? Chaque fois que je me dis que ce gars-là est une vraie pourriture, je pense à vous deux, et je me souviens qu'il t'aimait pour de vrai. Tu sais qu'il parle souvent de toi depuis qu'il est sorti.

—Floyd m'a menti tout au long de notre relation, et c'est pas un bijou envoyé par la poste qui va me faire oublier la claque qu'il m'a donnée avant de se pousser sans explication, pour me rappeler une fois en dedans, juste pour me quêter de l'argent qu'il savait très bien que j'avais pas.

Les mains raides de Jenny envoient à Dave le signal qu'il faut changer de sujet. Elle se lève, appelle les chiens. Chinook s'approche en battant de la queue. Toujours en manque d'attention et de nourriture, Bazooka renifle et lèche la main droite de Jenny. Chinook offre son flanc aux caresses et gratouilles qu'elle prodigue de ses longs ongles.

Elle sort de la chambre, traverse le salon, qui mériterait un ménage au lance-flammes, et cherche dans les armoires quelque chose à manger. Elle ouvre le robinet du lavabo, puis fouille dans les disques de son frère. Elle met *Fast Car* de Tracy Chapman, qu'elle lui a offert il y a plus de dix ans, et chante avec elle en retournant à la cuisine. Ne trouvant pas de savon, elle renonce à faire la vaisselle, qui s'empile depuis au moins deux semaines. Elle se souvient qu'à l'époque elle s'était fâchée parce que leur mère lui avait laissé pratiquement toute la vaisselle. C'est maintenant pardonné. Elle trouve des œufs et du fromage chimique au moment où son frère sort en caleçons, ses lunettes fumées sur le bout du nez.

—Ça fait un peu *wannabe*. Je dis ça comme ça.

Jenny est la seule personne au monde à pouvoir lui parler de cette manière sans conséquence. Il est saisi par le ton, mais répond avec calme:

—Ouain, je sais pas si c'est le *weed*, mais je paranoïe ces temps-ci. Je les enlève jamais parce que je me demande tout le temps laquelle de mes conneries les gens voient dans mes yeux.

—Ah. Et aujourd'hui, tu fais quoi ?

—Ben, je sais pas. Des conneries ?

Jenny termine de préparer le déjeuner dans un soupir, listant mentalement à mesure qu'elle cherche les choses qu'il doit racheter. Il fouille ses poches de manteau où se trouve de l'argent gagné à Montréal pendant qu'elle s'éreintait pour une misère, une impressionnante palette de billets de vingt. Il en compte dix pour Jenny, lui demande de faire ses courses, elle pourra garder le change. Il ajoute qu'il s'en va chercher sa paye à elle ; Jeff l'a inspiré. Elle voudrait s'opposer, mais s'interrompt en souriant, sans montrer les dents. Dave prend cela pour un assentiment. Il agirait sans son accord, de toute façon. Ils mangent en discutant de choses plus légères, parlent d'aller au hockey ou au cinéma bientôt, puis Dave enfile un chandail noir, le manteau de cuir beige de son père, des jeans noirs. Il offre à sa sœur de la conduire au centre de la réserve, offre qu'elle décline : elle va plutôt permettre aux chiens de sortir un peu. Dave l'embrasse sur la joue, monte dans son camion, roule jusqu'à la résidence des

Horn, sur Peter Foxy's Road, en écoutant Johnny Cash expliquer pourquoi il porte toujours du noir.

Nick Horn et sa femme étant partis au matin profiter des dernières bonnes semaines pour la chasse au gibier d'eau, Dave trouve Forrest dans le grand salon, entouré de chocolat, de bière, de chips et de pot dans le fauteuil de son père.

La lassitude de son ami suinte de tous ses pores. Il lui offre de sortir prendre l'air. Forrest secoue la tête, les paupières lourdes. Il ne connaît qu'un seul remède contre la mélancolie masculine :

— On devrait penser à un coup.

Forrest soupire, aspire une bouffée de son joint qu'il garde dans ses poumons un temps. Il semble réfléchir.

— Moi, tant qu'on a du fun..., lâche-t-il en s'étouffant avec la fumée. Tes histoires, je suis pas certain de suivre, Dee. De toute façon, elles foirent tout le temps.

— C'est pas des histoires, Forrest, c'est des gestes engagés. Ça fait des années qu'on fait des coups pour rien : on peut ben en faire au profit des Warriors et des autres bonnes causes.

Forrest tousse en voulant parler, doit constamment s'interrompre. Avant qu'il n'ait eu l'occasion de répondre, son frère Floyd apparaît dans l'embrasure de la porte qui sépare la salle à manger du salon. Sa carrure remplit le cadre.

L'autre fils de Nick Horn est riche depuis qu'il est sorti de prison: Dave sait que, à presque trente ans, il gagne dans les deux mille dollars par semaine, un fait qu'il aime étaler avec son look de rappeur chic. Floyd mesure plus de six pieds, est baraqué comme n'importe quel ancien prisonnier. Aussi costaud que son frère, mais tout en muscles et en nerfs alors que Forrest est tout en courbes. Il salue son ancien beau-frère, lui serre la pince, exhibe ses nouvelles bagues en argent à deux doigts, affirmant qu'il a hâte de les utiliser sur quelqu'un. Il va se chercher une bière, puis s'écrase dans le canapé. Il s'empresse d'aligner de la cocaïne sur la table d'acajou. Cela fait, il inhale, se détend, puis demande:

—J'ai reçu un message de Jeffrey tout à l'heure. Paraît que ma Jenny a besoin d'aide?

—Oui, bon, une affaire de job. Le bonhomme de la cantine qui refuse de lui payer sa semaine.

—Moi, je serais partant pour un raid en tout cas. Faut pas se laisser marcher dessus. Si on fait rien, le mot va se passer comme quoi les Mohawks, tu peux les engager pour une journée pour les flusher le lendemain.

Forrest ricane.

—Wow! T'es rempli de bonnes intentions, le frère! Je vais prendre des notes.

Floyd menace de lancer un cendrier à la tête de Forrest, mais Dave bloque son geste en se levant pour aller mettre de la musique. Il repose l'objet. C'est le genre d'attention qu'il ne réserve qu'à son frère.

—OK, on ira au skatepark demain midi. On parlera tactique à ce moment-là.

—Excellent, Dee! Parle-moi d'un gars qui a le cœur à la bonne place, répond Floyd en se tapant sur les cuisses.

Il se lève pour une autre bière, en rapporte trois. Ils trinquent, allument la console de jeu et tuent ainsi les heures.

En début de soirée, le téléphone de Floyd se met à vibrer. Il regarde et commente, avec un sourire malveillant:

—C'est le p'tit Sam, le fils de Moore. Dit qu'y a des p'tits culs près de Gaz mohawk qui cherchent du pot. Y veut savoir si ça me tente... Forrest, attrape un ziploc, une couple de bières, on y va.

Dave leur lance un regard désapprobateur, sachant trop bien ce qui se trame. Floyd, crispé par des envies de violence et la cocaïne, ne le remarque pas.

—À quoi tu joues, Floyd ? Si ça se trouve, y seront même pas majeurs. Va falloir que tu verses un peu d'eau froide sur ta tête brûlée si tu veux gagner tes couleurs un jour, tueur.

—*It's in the blood and my bloodline is tight, bitch.*

Floyd regarde Dave de haut, les yeux écarquillés, la bouche en forme de fer à cheval. Dave inspire longuement avant de parler.

—T'en manques pas une, hein ? *Freak*. Compte pas sur moi. Forrest ?

L'interpellé hausse les épaules, regarde ailleurs. Il est passé 20 heures. Floyd est déjà sorti. Dave le voit se pencher, remplir un petit sac plastique de gazon et de mauvaises herbes, puis démarrer son Hummer à distance. Le moteur vrombit, l'engin crache sa musique rap. Forrest abdique, va le rejoindre, et les deux frères montent dans le camion. Dave retourne chez lui en silence.

Après avoir cuisiné et essayé de lire un peu – un roman policier ennuyant –, Dave se dit qu'il aurait dû accompagner ses amis.

Il éteint la lampe. C'est mieux. Il doit se combattre, apprendre à se faire violence. Il le sait, c'est comme au karaté. Devenir bon élève. Il est capable de bons résultats. Il revit les coups derrière la tête – ils n'ont pas aidé, les coups à l'esprit non plus. La musique qui joue toujours atténue son sentiment d'enfermement. Il allume un joint.

Tout miser sur le droit, se prendre au sérieux tout en restant humble. D'autres l'ont fait avant lui. Des photos d'Indiens à cravate, il y en a de très anciennes. On ne peut pas tous être Geronimo.

Le lendemain matin, pendant qu'il promène ses chiens, la vieille veuve d'à côté – Mme Delaronde, toujours bienveillante – lui apprend que trois jeunes Blancs en voiture ont été poursuivis par un Hummer noir durant la soirée d'hier. Ils cherchaient de la drogue, n'ont trouvé que du trouble. Un coup de feu aurait été tiré sans blesser personne, mais les jeunes seraient entrés en collision avec la pierre géante près de Gaz mohawk et auraient tous passé la nuit à l'hôpital. Les *peacekeepers* n'ont pas de témoins, pas d'indices, comme d'habitude.

4

Vers midi, Dave va rejoindre Floyd près du skatepark, fermé cette semaine pour cause de vandalisme et usage de drogues. Floyd n'est pas seul ; il a amené un ami, un gars que Dave ne connaît que pour l'avoir croisé au pow-wow aux côtés d'une armada de motards.

— Yo, *dawg !* gueule Floyd en écartant les bras. Mon frère pourra pas venir. Moi, ça me fait toujours plaisir d'aider Jenny, tu sais. Quand elle m'a laissé, elle m'a dit que c'était parce que je lui préférais le *cash*. Toutes les occasions sont bonnes pour lui prouver que c'est pas vrai, vieux. Enfin, tant qu'elle aura pas de nouveau chum. Y'est où, Jeff, au juste ? C'était pas son idée ?

— Comme je le connais, il a dû passer la nuit à jouer. Il doit encore dormir. Trop jeune pour faire ce qu'on s'en va faire *anyway*. Alors, t'as amené du feu ?

Floyd acquiesce. Il mène Dave vers le coffre arrière de son Hummer, l'ouvre, exhibe les cocktails Molotov, puis sort une bouteille de détergent, explique qu'en les mélangeant, on obtient une bombe au napalm.

—Ça aggrave ton cas si tu te fais prendre, ajoute-t-il, mais ça aggrave aussi les dégâts.

Dave se tourne vers l'autre homme, un maigre aux traits tirés ; il examine son corps mince, tout en nerfs, qui donne au garçon un air imprévisible. Dave estime qu'ils ont probablement le même âge – la jeune vingtaine –, mais l'autre ressemble à un motard avec son foulard sur la tête, ses larges lunettes fumées, son vieux chandail de Led Zeppelin. Il tend la main en trépignant et en reniflant.

—Salut, moi c'est Billy, je suis de Kanesatake. Paraît que vous allez faire de la marde à un trou de cul ? Ça m'intéresse, man. C'est quoi l'affaire, au juste ?

—On va juste chercher de l'argent qu'un gars doit à ma sœur, y a pas une cenne à faire avec ça, Billy boy.

Billy sourit. Dave conclut qu'il a affaire à une âme généreuse. Floyd invite les deux hommes à prendre place dans son Hummer. En chemin, il raconte comment ils ont donné la chasse à des petits Blancs qui cherchaient du cannabis la veille – comment en fuyant, ces imbéciles se sont écrasés sur le rocher près de Gaz mohawk (il pointe l'endroit en passant devant), et tout le plaisir qu'ils ont eu à leur faire peur. Puis il informe Dave qu'il doit se rendre à Châteauguay pour jouer les courriers : il s'agit d'aller porter un paquet à un revendeur nommé Stéphane. Ce dernier est devenu paranoïaque depuis qu'il s'est fait suspecter du meurtre sordide de Carolyne Demers, retrouvée morte dans un stationnement deux ans auparavant. En fait, la pauvre fille avait été tuée par son petit ami. Et Floyd de raconter l'histoire en détail: comment le meurtrier – au-dessus de tout soupçon tellement il était gentil – aura consolé toute la famille et les amis pendant des mois pour finalement avouer l'avoir assassinée à coups de tuyau de métal pendant qu'elle dormait. Après avoir surpris tout le monde (surtout la police) par son aveu, le tueur a évoqué sa trop grande consommation de drogue – il l'achetait de Stéphane – et le film d'horreur qu'il regardait avant de passer à l'acte pour expliquer son geste. Oh, et il s'était castré lui-même à coups de ciseau de bricolage.

—*Shit*, c'est glauque! fait Dave après ce long compte rendu.

Floyd est une mine d'histoires de ce genre, et il en assomme son ancien beau-frère jusqu'au lieu du rendez-vous. Stéphane est déjà là quand ils arrivent. La livraison se conclut rapidement et presque sans échange de paroles. Personne ne veut s'attarder avec ce genre d'homme, qu'il faut pourtant côtoyer pour évoluer dans le milieu.

Vers 15 heures, ils repèrent le Valentine. Floyd se gare à quelques rues et ils entrent dans un autre restaurant du centre-ville ; ils ont tout le temps devant eux. En sapant l'indigeste soupe aux légumes, Billy propose d'élaborer un plan. Floyd mord dans l'emballage du petit pain, puis montre ses belles bagues – plutôt des poings américains –, ce qui fait le tour de la question. Tout le monde est nerveux, mais lui préfère garder de la place pour la spontanéité, et on ne va pas le contredire. Le trio sort du restaurant vers 18 heures. N'ayant pas bu, c'est Dave qui prend le volant.

Il gare le Hummer de Floyd devant le fast-food et commence à se chauffer les sangs en voyant par la vitrine la cible s'acharner sur la remplaçante de Jenny, une pauvre adolescente. L'homme a quarante ans passés. Le stéréotype du trou du cul qui n'a jamais reçu la correction qu'il mérite.

Billy interrompt ses pensées pour lui faire une offre :

—On a besoin de gars avec des bons yeux au bunker des Mongols. Tu pourrais travailler à côté de chez vous et gagner un gros paquet de *cash*, t'sais.

Billy a dit cela d'un ton mi-sérieux, mi-plaisant, comme si un tel travail n'était qu'une partie de plaisir. Dave sait bien que le bunker est dirigé par des motards blancs et qu'il n'existe pas au monde travail plus sérieux – à part peut-être partir en guerre dans un pays étranger. Et encore. Il regarde Billy dans le rétroviseur, plisse les yeux, le remercie pour l'offre.

—Tu veux que je m'occupe du gars? *Watch and learn, cub*, crache Billy.

Dave encaisse les insolences de Billy sans les relever. Billy s'affale sur le siège et demande d'un air supérieur:

—*Come on*, t'es pas un *thug*. As-tu déjà tiré avec un AK-47?

À ce moment, Floyd tape le bras de Dave d'un revers de main pour attirer son attention sur le gérant qui sort du Valentine avec l'adolescente. L'homme cherche ses clés, ferme le restaurant, puis offre à l'employée de la reconduire. Elle décline l'offre avec un sourire embarrassé, prend son vélo et déguerpit. L'homme monte dans sa voiture et part en direction de l'Old Châteauguay Road.

Ils le suivent à quelques dizaines de mètres de distance, le filent jusque chez lui, près du chemin Saint-Bernard. Dave se gare devant la maison pendant que Floyd prépare un cocktail. Billy lui suggère une autre option, un Uzi, mais Dave préfère le feu. Il se recouvre le visage d'un foulard, prend une bouteille et un pied-de-biche, sort du camion. Il se sent calme tandis que, d'un pas de camelot, il s'approche de la voiture ciblée.

Il a bien le cœur qui le travaille et les jambes cotonneuses, mais l'essentiel de la tension lui vient du bas-ventre, comme le stress avant l'amour.

Il dévisse le bouchon à essence avec le naturel de celui qui fait le plein, prend un bout de chiffon, le met dans le réservoir, puis fracasse la vitre d'un coup de pied-de-biche. Il jette le cocktail qu'il vient d'allumer sur le siège, allume le chiffon qui pend du réservoir et se met à courir. Il n'est pas retourné au camion que le réservoir s'embrase. La force de l'explosion soulève l'arrière de la voiture. Les flammes s'élèvent et recouvrent la carrosserie, qui se transforme en un brasier ardent probablement visible sur cent mètres à la ronde. Floyd et Billy applaudissent le feu d'artifice.

Le patron du Valentine sort de sa maison en hurlant. Billy baisse la fenêtre, Uzi en main, et tire une rafale au ciel. L'homme se jette par terre, se couvre la tête avec les mains. Dave charge séance tenante, lui envoie un solide coup de pied sous le menton. Il tombe sur l'homme déjà sonné. Les flammes sont proches, lui chauffent les joues. Il exige l'argent d'une paye, les yeux exorbités. L'homme, confus, supplie qu'on le lâche. Dave abat sur son ventre et ses côtes une série de coups de poing. Il lui saisit les épaules de ses deux mains, lui cogne la tête sur le sol une, deux, trois fois, en grognant. Quand l'homme roule des yeux, au bord de l'inconscience, Dave le fouille. Il y trouve un billet de vingt qu'il met dans sa poche en sacrant.

Il ne semble pas y avoir eu de témoins, si on exclut la femme du bonhomme, qui crie au téléphone derrière les rideaux. Dave retourne au camion au pas de course. Floyd démarre en trombe. Billy s'exclame :

— *That's a warrior job, man !* On va fêter ça au bunker, *it's on me.*

Dave a le sentiment du devoir accompli, mais ne se détend qu'une fois franchi l'immense panneau sur lequel on peut lire : *Mohawk Territory. SQ and RCMP enter at your own risk.*

5

Réveillée tôt à cause d'un cauchemar, Jenny décide de se lever quand même, question de ne pas perdre ses bonnes habitudes malgré son nouveau statut de chômeuse. Elle rejoint la cuisine à petits pas, où elle se prépare un jus de framboises, puis sort sur le balcon.

Les yeux fermés, elle repense à son rêve, revoit les flammes qui éclairaient un abysse infini, entend à nouveau les coups de fusil qui se répercutaient cent fois en écho dans le ciel, voit son père conduisant son camion, les yeux incandescents et d'un noir surnaturel, suivi de son frère émergeant d'un cercle de feu la peau noircie, les bras en sang, une crête sur la tête et ses yeux reflétant des éclats métalliques.

Sur son perron orienté à l'est, Jenny voit l'aurore poindre. Les bras au ciel, elle laisse les premiers rayons du soleil baigner son corps.

— *Skanekwenhtará:ren Ohiákeri* – aide à ma vision.

Elle lève le verre de jus, le maintient quelques secondes au-dessus de son front, puis le boit d'un trait.

Elle est déconcentrée par la pétarade de motos qui passent sur la route centrale. Une bande de Blancs, des motards en route vers l'Old Châteauguay Road. Sur le territoire de la réserve, ils n'hésitent pas à porter leurs couleurs et à conduire leurs Harley's en formation. Mais que font-ils là si tôt ?

Quand le silence revient, elle entame la *Chanson au Soleil*. L'air est frais, et il y a peu de nuages. Elle s'agenouille dans le gazon pour réciter le code. Elle termine à haute voix :

— *Tho naiá:wen* – ainsi soit-il !

Elle remercie d'abord la Femme du Ciel pour les nombreuses nouvelles naissances. Elle prie pour Tiffany, toujours introuvable, wampum en main. Les yeux plissés, le visage fermé, elle se concentre avec détermination afin que tout aille bien en ce jour nouveau. Elle songe à son amie Nancy : « *Skén:nen Akénhake Owirà:'a* », prie-t-elle en direction de l'ouest pour que l'âme de l'enfant qui ne naîtra jamais réintègre le Cycle et revienne à la vie, sous une forme ou une autre. Le soleil monte au ciel, fier et éclatant. Elle le remercie pour son écoute. La journée sera belle.

Elle enfile ses bottes, quitte son terrain à pied, remonte vers le nord par un sentier qui sillonne un boisé de jeunes feuillus, d'érables et de petites pousses à éviter du pied, marche jusqu'au Memorial Kateri

Cimetery, semblable à un cimetière militaire américain avec sa forme rectangulaire et ses arbres épars. Comme les tombes ne sont pas toujours identifiées – quelques croix de bois, une simple pierre parfois –, elle tente de faire débloquer des fonds du conseil de bande pour les restaurer. Le Kateri est bien entretenu si on le compare aux cimetières des autres réserves, mais il serait idiot de s'en contenter sous ce prétexte. Elle aimerait que sa mère possède son monument. Déjà deux ans qu'elle est décédée, d'un cancer du désespoir, comme elle disait. C'est dans ce lieu qu'elle a vu ses parents ensemble pour la dernière fois ; son père était venu à l'enterrement. Il leur avait apporté des cadeaux puis était reparti aussitôt la cérémonie terminée, sans un mot sur son ermitage.

Jenny serre son wampum blanc, devenu son bien le plus précieux à la minute où elle l'a reçu des mains de son père. C'est un objet constitué de trente-huit rangées d'un centimètre, avec un centre formé d'un cœur bordé de deux carrés blancs, un de chaque côté. Le bracelet est relié au cœur par des rangées de coquillages qui symbolisent l'unité des Six Nations ; il serait très ancien, selon son père, aurait même été béni par un vénérable *medicine man* cayuga. Elle le scrute pour la énième fois avant de le remettre dans sa poche, persuadée qu'il n'existe rien d'aussi beau en ce monde.

Jenny cueille un bouquet de fleurs sauvages qu'elle accroche à la grille du cimetière en se recueillant. Elle envisage un moment de marcher jusqu'au sanctuaire de Kateri mais, alourdie par les souvenirs, elle retourne plutôt chez elle.

Elle est à peine entrée que le téléphone sonne ; elle se jette sur le combiné.

—Jenny Lahache, s'il vous plaît, demande-t-on, en français.

—C'est moi. *Ónkha' ní:se'* ?

—Pardon ?

La jeune femme n'insiste pas.

—Qui êtes-vous ?

—Tu me reconnais pas ? C'est ton boss. Je viens de sortir de l'hôpital. Quelqu'un a fait sauter mon char, hier soir, pis m'a agressé drette en face de chez nous. Si tu penses que tu vas t'en tirer comme ça, ma p'tite crisse, tu te trompes !

—Excusez-moi, mais de quoi vous parlez ? Vous êtes fou ? J'ai rien à voir là-dedans, moi !

—Ah, pas directement, ça j'veux ben. Mais ceux qui m'ont attaqué étaient clairement des Indiens. P'tits crisse de pseudo-guerriers avec leur foulard sur le nez ! C'est qui, ces gars-là, Jenny ? Ton chum ? Tes amis ? Hein ? Crache le morceau !

— Je vous répète que je sais pas du tout de quoi vous parlez, monsieur. Vous voulez plus que je travaille pour vous, OK. Mais laissez-moi tranquille, c'est tout ce que je demande.

Le ton grimpe encore, un peu plus à chaque réplique.

— Ma tabarnac, tu t'en tireras pas comme ça ! Non mais ça prend-tu une effrontée ! Tu me ris en pleine face. Si t'avais une adresse, je viendrais t'arrêter moi-même ! Mais la police va s'en charger !

Jenny est au bord des larmes. La colère les retient, mais sa voix s'étrangle :

— Si des policiers veulent m'appeler, y vont me trouver. Vous... vous avez pas le droit de me parler comme ça. Je sais pas qui vous a tabassé, mais... mais je suis ben contente ! *Fuck you !*

Elle raccroche avec fracas avant d'être submergée par les pleurs.

*

En se levant passé midi, Dave sait bien qu'il sera fatigué toute la journée, mais depuis qu'il a sa maison – payée de sa poche à force d'allers-retours sur le lac Ontario avec sa barge à moteur –, il est devenu paresseux. Il se traîne à peine de la chambre au salon pour finir dans son La-Z-Boy. Ses épaules sont endolories, sa carie semble forer sa dent tellement elle le fait souffrir, sa clavicule claque, tout son corps est engourdi, sa tête pèse une tonne. Quand il ne se sent pas lui-même, Dave blâme sa sœur, convaincu qu'elle détient le pouvoir occulte de lui transmettre ses émotions.

Il fixe le sabre japonais sur son mur, le dernier cadeau que lui a offert son père avant de tourner le dos pour ne plus reparaître. Son esprit s'égare. Son corps demeure lourd du sommeil qui refuse de le quitter. Sans le vouloir – il faut cracher sur la nostalgie –, il se remémore l'époque où sa famille existait encore. Son père avait construit un camp de chasse dans le Vermont. Les Lahache avaient coutume d'y passer presque tout le mois d'août. Jenny était bébé à cette époque.

Un soir, Dave avait été réveillé par des plaintes animales en provenance de la forêt. Il avait entendu son père se lever, prendre son fusil et quitter la maison. Il se rappelle être sorti de sa chambre pour identifier la nature des horribles gémissements de souffrance. Sa mère regardait par la fenêtre d'un air inquiet. Elle avait dit à son fils qu'il s'agissait d'un ours noir qui mourait de faim. Petit Dave avait voulu sortir en toute hâte pour voir ce que faisaient son père et l'ours. Puis il avait entendu un coup de fusil, suivi d'un autre. Son père était revenu quelques minutes plus tard avec la carcasse de la bête dans sa remorque. Dave s'était élancé, échappant à sa mère qui voulait le retenir. Il s'était rendu auprès de la bête. Retiré dans l'onde nocturne, la silhouette de son père s'effaçait, devenait indistincte.

La remorque était sale, le vieux sang croûté qui recouvrait sa surface se mélangeait avec le sang noir et odorant qui surgissait d'une plaie dans la nuque de l'ours. Sa fourrure humide se lustrait des bouillons intermittents. Son père avait détaché la remorque, l'ours était tombé au sol, triste boule de fourrure désarticulée. Sa tête avait heurté le sol avant son corps, et l'ours avait mugi. Dave avait sursauté en glapissant, les larmes aux yeux. Il s'était approché, et la bête avait ouvert un œil fatigué. Il peut encore voir ce morne désespoir face à la mort. L'œil de l'ours clignait lentement, mouillé par les larmes et le sang. Sa respiration était rauque et forte. Dave s'était penché pour approcher son œil, jusqu'à le coller sur celui de l'ours. Il l'avait flatté, sans oser lui parler, bien qu'il eût souhaité dire quelque chose. L'ours le regardait maintenant sans ciller. Sa présence s'estompait lentement. La vie quittait le globe noir. Œil contre œil, souffle contre souffle. Petit Dave avait crié puis reculé d'effroi quand le poignard d'argent scintillant dans la main de son père avait disparu dans la masse spongieuse de la bête pour reparaître, et disparaître encore. L'ours avait expiré. Dave avait inspiré d'un coup. Au troisième ou quatrième coup, la lame argentée devenue noire dégoulinait du sang riche de la bête. Dave s'était mis à pleurer. Son père lui avait mis une claque derrière la tête, exigeant qu'il cesse de se comporter comme une fillette.

Famille et amis étaient venus le surlendemain, invités à la dévoration. Depuis ce premier contact avec une bête sauvage, Dave a toujours considéré que l'ours était son totem, en blague bien sûr, mais quand il y pense, il lacère le fauteuil de ses ongles et rumine. Il avait tout de même accepté de manger la bête et possède encore ses griffes, que sa mère a transformées en collier.

Le téléphone sonne. La voix de son oncle Bob est étrange. Sur un ton lapidaire, il annonce que des gens avec qui il travaille parfois viendront le voir bientôt ; il demande si Dave peut les recevoir. Dave répond simplement qu'il aime la visite, puis raccroche.

– On étouffe ici, c'est trop petit, pis j'ai faim, dit-il pour lui-même.

Il se lève et va chercher ses nunchakus, question de s'exercer à quelques passes dans la cour arrière. Ses chiens le suivent. Le husky trouve une poupée qui traînait mystérieusement sur son terrain, et le mastiff et lui se bagarrent pour avoir le droit de la mâchouiller. Il n'a pas fait dix minutes de combat avec son ombre que deux hommes s'approchent de lui. Ce sont des Mohawks, mais Dave ne les connaît pas vraiment. Il a déjà vu le plus vieux des deux en train de boire une bière à l'entrée du garage de Bob, mais ne lui a jamais parlé. Il a l'âge de son oncle, soit la jeune quarantaine ; l'autre a son âge à lui.

Leur camionnette est garée de l'autre côté de la rue. Dave les laisse avancer sur son terrain. Il prend une garde campée, un bâton de nunchaku en main, l'autre sous l'aisselle : on ne sait jamais. Le plus âgé des deux a récemment fait parler de lui pour s'être battu à la bouteille cassée dans une *pool room* de Sorel. Il n'a pas été arrêté, de toute évidence. Il salue Dave de la main sans agressivité.

Le plus jeune ne semble pas tout à fait à jeun, malgré l'heure. Ils s'arrêtent à moins d'un mètre. Le plus vieux grasseye :

—Crazy Dee ? C'est Bob qui nous envoie. On a de quoi à t'offrir. Relaxe, *brother.*

—Ah, c'est vous ça. *Hen,* y m'a dit. Vous êtes rapides.

Dave se détend, mais impose une attente et un silence de quelques secondes avant de les inviter à entrer.

À l'intérieur, il allume la radio, ce qui ameute les chiens ; ils ont cette étrange manie d'entrer dans la maison chaque fois qu'il met de la musique. Il invite les deux hommes à s'asseoir, sort trois bières, s'allume une cigarette, s'installe devant eux. On décapsule et on trinque. Quand les bières retournent sur la table, le plus vieux retire ses lunettes fumées et fait les présentations.

—Moi, c'est James ; lui c'est mon filleul, Johnny. Je suis un cousin de Nick, le père de Floyd et Forrest. On est arrivés ici y a quelques mois de ça. On s'est croisés à quelques reprises, y me semble.

Dave s'essuie le menton et lance un biscuit que Chinook happe en plein vol. Bazooka, aussi haut qu'un enfant de sept ans, se ramène aussitôt pour avoir le sien.

—Oui, je sais qui est Nick, merci. Vous arrivez d'où au juste ?

—Kanesatake, font-ils d'une même voix.

—OK. Et vous voulez quoi ?

—T'as un bateau, hein, Dave...

—Oui, une barge à deux moteurs avec un petit toit. Vous voulez la louer ?

Les deux hommes se regardent, amusés. James boit une gorgée de bière avant de répondre :

—Ce qu'on veut, c'est que tu fasses la *run* pour nous. Trois caisses à shipper dans les environs de Brasher Falls, dans l'État de New York. On t'offre trois cents piastres de l'heure, le salaire d'un avocat du gouvernement. C'est pas ça que tu veux devenir, avocat?

—Les caisses, c'est quoi?

—Cigarettes, en majorité. Quelques armes, aussi. Un peu de poudre, peut-être.

Dave termine sa bière d'un trait. Il écrase sa cigarette, se replace la crête qui, toujours trop haute, tombe des deux côtés. Ses yeux fixent la table.

—Je sais que vous faites partie de la nouvelle gang du bunker de Moore. Faites votre job vous-mêmes. Septembre arrive, je retourne à l'école. Et oui, James, je vais être avocat: tu seras ben content d'en avoir un bon avant longtemps, crois-moi!

Johnny fait craquer ses jointures en dévisageant son hôte.

—C'est quoi ça, des menaces? fait-il en se levant d'un bond.

Il lève l'index en continuant:

—J'y ai déjà goûté, à la justice des Blancs, je sais ce que ça vaut. Et *anyway*, j'en ai un, avocat. Y s'appelle Sam Colt pis y gagne toutes ses causes...

—C'est bon ça, Johnny. On dirait la mauvaise réplique d'un Indien dans un film plate écrit par un Blanc.

Johnny glisse une main dans son manteau de cuir. James lève la sienne, le filleul suspend son geste. Dave lui sert un sourire méprisant en le fixant sans sourciller, une de ses spécialités. Il est sur le point de le ridiculiser encore, mais James reprend :

— Écoute, mon gars, on est pas mal surveillés, ces temps-ci. Il faut absolument que le *shipping* se fasse avant la semaine prochaine. On a besoin d'un *outsider* en qui on peut avoir confiance. On sait que tu peux le faire.

James fouille sa poche, sort une dizaine de billets bruns d'un portefeuille qui déborde d'argent américain.

— Tiens, v'là mille, t'en auras vingt autres de même quand le stock sera rendu au point de débarquement. Fait que, on a un deal ?

Dave regarde les billets posés devant lui sous une pièce de un dollar. Le husky met ses deux pattes avant sur la table, cherchant à voir ce que regarde son maître. Il renifle et se désintéresse aussitôt des bouts de papier. Dave s'accoude, pose le menton sur la main, jouant les songeurs. James approche son visage du sien.

— Tu sauras, mon jeune, que je suis un membre de longue date de la Warrior Society. J'étais là à Oka. J'étais là à Kanesatake. J'ai tenu les barricades, j'ai armé des groupes de *boys* à la grandeur du continent pendant que ta mère te torchait encore. Une autre affaire qu'y faut que tu saches, c'est que je suis un proche de Billy. Il t'a rendu service récemment, pas vrai ? C'est à ton tour maintenant. On se comprend ?

Dave respire un bon coup, puis :

—*Sure, whatever.* C'est où, c'est quand ?

*

Jenny émerge de sa songerie en sursaut. Un frisson, un malaise la traverse. Il y a dix ans, durant une soirée, Dave avait mélangé de la vodka avec sa bière. En retournant chez lui en plein mois de janvier, il s'était écroulé face contre neige. Jenny l'avait retrouvé en moins de dix minutes. Elle se remémore cet événement, car la sensation qui l'avait précédé est la même que maintenant. Elle connaît bien la gamme de ses intuitions. Revenant à elle, puis au monde, elle se rend compte qu'on cogne à sa porte.

—Entrez, fait-elle, curieuse.

Willy BigEagle s'exécute, replace ses longs cheveux noirs derrière ses oreilles et essuie ses bottes sur le tapis du vestibule.

Willy a déjà fait de la figuration dans des grandes productions américaines durant ses jeunes années. Ses cheveux sont longs et détachés, ses yeux foncés et ses sourcils bien tracés. Aujourd'hui, il porte des vêtements urbains : jeans bleus, chemise rouge, wampum de coquillages blancs en collier. Toujours impressionnée par la présence de son mentor, Jenny sursaute :

— Willy ? J'en reviens pas que tu sois ici. Ça vient juste de m'arriver, le frisson, là...

— Salut, Jenny. Tu vas bientôt avoir vingt ans. Ton *naming* approche, je passe voir si t'es prête.

Willy va s'asseoir sur le canapé. Jenny lui offre du thé, mais il ne veut rien. Il dépose son sac à dos en cuir à franges, et son visage devient sérieux.

— Approche, Jenny, assieds-toi devant moi. Tends les mains, paumes ouvertes vers le ciel. Tout don vient des esprits et passe par les mains. Bientôt, tu vas entrer sur la route rouge. Sois attentive.

À ce moment, le cellulaire de Willy éructe sa sonnerie : du Beethoven grésillant. Il sourit, l'éteint. Assise par terre, les mains dans celles de son mentor, Jenny écarquille les yeux, happée par le contact.

— Après ton *naming*, tu vas apprendre à réunir les trois feux pour devenir une semeuse de lumière. Si tu y parviens, tu pourras entrer en communion avec la Dame du Ciel. Le premier feu, ou grand-père, le plus important, c'est l'amour. Trouve ta vitesse. Le bon rythme, c'est le tien, c'est celui de l'univers entier. C'est ça : serre bien mes mains, je vais te donner l'énergie dont tu as besoin.

—Tes mains sont tellement chaudes...

—Quand tu vas avoir trouvé ton centre, tu pourras chercher ta radiance, ton énergie lumineuse. Fronce pas les sourcils, Jenny, faut pas forcer. Les instructions sont toutes inscrites dans le grand livre de la création, il faut seulement que tu apprennes à les déchiffrer. Tout ça est expliqué dans mon dernier livre. Tu devrais le lire pour te préparer.

Willy rompt doucement le contact. Il sort un exemplaire de son livre, *Les grands feux*, et le dépose sur la table. Jenny le retourne pour voir le prix, se lève et va chercher son sac à main, en sort vingt-cinq dollars. Willy refuse l'argent ; elle insiste.

—Prends l'argent, je t'en prie. Je t'avoue que j'ai pas eu le temps de le lire, celui-là. Je suis toute mélangée ces temps-ci. Et il y a mon frère qui me fait peur, tu sais pas les choses qu'il a faites récemment. C'est de ma faute en plus...

Willy hoche la tête avec empathie, reprend le contact.

—Ce qui est terrible, c'est que tout est possible. Mais je pense pas que tu doives t'inquiéter pour ton frère. Vous êtes faits forts, tous les deux.

Jenny enregistre chaque mot et chaque geste. Willy lui caresse le poignet avec le pouce, puis pose ses mains sur la table.

—Écoute... pour ce dont on a parlé, ta candidature comme *medicine man*, enfin, *woman*... y va falloir oublier ça. Tu sais que je suis pas contre, mais le Conseil des Six Nations a refusé. Je suis désolé, vraiment. Mais pour ton *naming*, je pense que t'es prête. Bon, tu m'excuseras, mais je donne une conférence aux États demain. On se revoit pour ton anniversaire.

Il ramasse ses affaires, disparaît comme il est venu.

Seule à nouveau, Jenny se lève pour faire la vaisselle. Elle se sent anesthésiée. La femme n'a donc que trois choix: mère, sorcière ou sainte. Finir comme sa mère est hors de question. Elle trouvera bien un moyen de développer ses dons. En l'essuyant, elle échappe la tasse à café de son frère, qui tombe sur le sol sans se briser. Ce signe la détend.

Dans moins d'une heure, les adolescentes formant la Turtle Island Company, la troupe de théâtre de la réserve, viendront lui rendre visite, comme chaque mercredi. Jenny fait des sandwichs au jambon pour la bande, sauf pour Samantha, qui est végétarienne. Chaque semaine, elle leur parle en kanien'keha, leur prodigue des leçons et des conseils, soigne les petits bobos. Elle écoute et approuve. Simplement pour prendre tout de suite l'habitude de garder contact avec la jeunesse, pour lutter contre l'érosion de sa propre mémoire.

Les filles arrivent en retard, entrent en piaillant. C'est agaçant, mais elles sont de bonne humeur, se dispersent dans la maison, puis se mettent à discuter en attendant que leur hôtesse distribue les sandwichs : elles parlent des garçons, de la pièce, des garçons qui jouent dans la pièce. Jenny apprend de Kurri qu'elle a laissé Jeff à la fin du mois dernier. Il cherchait trop à faire son intéressant, manque de *sex appeal*. En l'inondant de nouvelles du genre et de conseils beauté, elles parviennent à convaincre Jenny de se laisser couper les cheveux. Elles s'installent en rigolant. Le coup de ciseau est beaucoup trop haut ; trop tard. Jenny le regrette immédiatement, mais espère que ce sacrifice l'aidera à faire des progrès auprès d'elles.

6

Dave a mis une éternité pour s'assurer d'une place à l'université. Maintenant que la rentrée approche, il doit payer les droits de scolarité. Après plusieurs appels, il entre en contact avec un bureaucrate de l'Aboriginal Bursary System représentant quelque grande banque. Ce dernier le renvoie au gouvernement fédéral, gestionnaire des bourses. Le fonctionnaire, difficile à joindre, lui explique qu'il doit d'abord obtenir la confirmation de la banque qui détient le fonds boursier. À la banque, on lui indique qu'il doit se procurer une étampe du gouvernement et faire approuver sa candidature par le conseil de bande, étape nécessaire pour obtenir l'autorisation d'ouverture de dossier.

Quand il reçoit enfin le tampon du conseil, il recompose le numéro du ministère, mais son dossier n'est plus géré par le même fonctionnaire, si bien qu'il faut tout réexpliquer. C'est une épreuve de calme. On lui demande de signer et de renvoyer une série de documents qu'il n'a jamais reçus, avec son certificat de naissance – il n'en a pas ; sa carte d'autochtone dans ce cas. Pas de photocopie. Pour obtenir les documents, il doit communiquer à nouveau avec le représentant de l'Aboriginal Bursary System. Après quelques minutes à attendre au bout du fil, il obtient d'une secrétaire un rendez-vous téléphonique pour le surlendemain. Et le manège continue.

Parallèlement, il effectue son choix de cours, se présente aux rencontres préparatoires de la faculté, se motive aux études et parfait son français, en lisant *Fantasia chez les ploucs*. Le conseil de bande s'occupera de gérer son dossier, et le gouvernement lui enverra l'argent par transferts mensuels tant qu'il pourra prouver à tout ce beau monde qu'il poursuit ses études.

Une dizaine de jours avant le début de session, il attache sa barge à la boîte de son pick-up, puis se rend à Akwesasne, la frontière de cristal. Après avoir loué un petit hangar à bateau à un homme référé par James, il y entrepose les caisses, met sa barge à l'eau, flâne toute la journée. Il s'endort sur le siège arrière de son camion dès le coucher du soleil, afin d'être debout au petit matin.

Avant que les lumières nocturnes ne soient avalées par l'aurore, il fixe un drapeau américain à sa barge, puis s'embarque pour la traversée de la frontière, toujours en territoire mohawk, ne transportant que son matériel de pêche. À l'embouchure du lac Ontario, il est intercepté par les garde-côtes américains, qui l'abordent à grande vitesse dans un Zodiac identifié. Il est fouillé, pris en photo, puis relaxé. Il a lu quelque part que, plus un prévenu parle, plus il sera perçu comme suspect. Aussi, il ne proteste pas, remercie les agents avec une attitude minimaliste, sans exagérer l'air niais quand il montre qu'il va lancer sa ligne à l'eau dès que les vagues du Zodiac s'estomperont.

En matinée, il pêche en effet. Un poisson mord en moins de dix minutes. La ligne se tend au maximum. Le moulinet déroule son fil violemment. Dave bloque le frein, mais la canne plie. Il se lève d'un bond. Il a l'impression d'avoir attrapé un espadon. Il tire un bon coup, accroche l'hameçon ; il lui donne un peu de leste, redémarre le bateau, se laisse traîner par le poisson un moment, puis remet le frein subitement. Il tire, rembobine trois tours, bloque la manivelle, tire et débloque encore. Il lui faut une heure à manœuvrer avant de sortir ce monstre des profondeurs. Dave sait pêcher, connaît bien les poissons. Mais la carpe au bout de sa canne l'épate : elle est vert et blanc, luisante, et munie d'une dentition horrifiante. Elle doit bien peser dans les vingt kilos. Il la saisit par une branchie, tire et la maintient hors de l'eau pour arracher l'hameçon. Il y est presque quand la bête tente de le mordre. Dave parvient à retirer sa main à temps, lance la carpe dans le bateau, puis saisit sa rame et vise la tête. Le poisson se débat et se tortille au fond de la barge, renverse le coffre de pêche, frappe furieusement les planches de tout son corps bouffi. Dave assène deux coups de rame sur la tête du monstre. Deux coups de plus et son compte est bon. Bien qu'elle soit indigeste, il garde la carpe dans sa glacière. Il continue de pêcher tout l'avant-midi, mais n'attrape qu'une autre carpe, plus petite, qui va rejoindre la première.

À son retour sur le fleuve, il croise une frégate de la Sûreté du Québec qui ne l'intercepte pas. Il va lui-même vers eux, leur montre les horreurs de poissons qu'il a attrapés. Il y a sept hommes dans le bateau. Par des regards furtifs sur les écussons de leurs manteaux, il distingue deux douaniers, deux policiers de la SQ, un autre de la GRC, et enfin deux agents de l'OPP. Dave ne les interroge pas sur les raisons de cet invraisemblable mélange, mais se plaint de l'étonnante homogénéité des poissons du lac. L'agent de la GRC descend sur la barge et observe le jeune homme, le bateau, les poissons puis l'homme de nouveau. Il raconte qu'il y a quelques années, des carpes asiatiques que des pisciculteurs de Floride élevaient afin qu'elles limitent la surpopulation dans les enclos se sont enfuies à la suite d'un ouragan ; elles ont remonté les grands fleuves américains, se reproduisant à une vitesse folle, dévastant tout sur leur passage. Selon les ministères de l'Environnement des deux pays, les carpes seraient présentes dans les Grands Lacs, à la limite de Toronto. Les États-Unis blâment le Canada pour la perduration de cet état de fait, et vice versa.

Frustré, Dave promet aux douaniers qu'il reviendra tous les jours jusqu'à ce qu'il attrape quelque chose de comestible que les carpes n'ont pas encore mangé. Il les fait bien rire, et ils lui souhaitent bonne chance.

Il refait son manège deux jours encore sans être embêté, mais sans rien attraper d'intéressant. Le lendemain aux petites heures, il embarque les boîtes de marchandises, et fait le trajet d'un trait sans croiser une seule âme qui flotte autre que les policiers qu'il a vus le premier jour. Quand il se trouve à trente mètres de leur bateau, il se lève, soulève la carcasse de la carpe conservée dans la glacière à bout de bras, la jette à l'eau en criant au désespoir et redémarre. Le ton est cordial. Le poisson flotte, les policiers mordent, Dave traverse.

Il appelle l'acheteur, qui l'attend dans un pick-up sur la rive près de Depot Street, à Brasher Falls. La suite est une formalité.

Le contrat rempli, Dave retourne à Kahnawake.

Le lendemain, il reçoit un appel de son oncle Bob, qui le félicite pour son succès, puis une autre visite de James et Johnny, dont les faciès rappellent des masques de théâtre ; le premier est souriant, l'autre arbore une grimace qui pourrait passer pour de la morosité naturelle si Dave – les accueillant sur son balcon en retenant par le collier un Bazooka territorial – ne sentait pas à quel point cet homme lui est hostile. Dave enferme son chien, qui manifeste son mécontentement en jappant, puis se retourne vers ses visiteurs sans les inviter à entrer.

—*Kwe kwe, brother*, fait James, qui gravit l'escalier, serre la main et fait l'accolade à Dave. Du beau boulot, en bonne et due forme. En plus que t'es tombé sur une semaine de stage de police. T'en as vu, aux lignes ?

—Ouais, un vrai *melting pot*, d'ailleurs. L'enveloppe brune était dans ma boîte postale, merci. Donc, c'est fait, qu'est-ce qui se passe ? Je veux dire... que me vaut l'honneur ?

Johnny s'approche de la porte, frustré de devoir rester sur le balcon, à la merci du vent. Dave s'écarte, mais Bazooka apparaît dans la moustiquaire dès que Johnny met la main sur la poignée. Le molosse jappe, bave et grogne, ce qui fait reculer l'intrus, qui s'enfarge dans un pot de fleurs vide ; il titube, manque de perdre l'équilibre dans un mouvement burlesque qui fait sourire, sans pour autant détendre l'atmosphère. Johnny jure, envoie un coup de pied au pot, qui se fracasse sur le carrelage de ciment au bas de l'escalier.

Dave ordonne à Bazooka de reculer et de rester sage. Il entre chez lui, enferme son chien toujours énervé dans la chambre, où Chinook fait une sieste, puis retourne ouvrir à ses visiteurs, qu'il installe autour de la table en mélamine de la salle à dîner. Il leur offre une bière. Bazooka supplie pour qu'on le laisse sortir, geignant et grattant la porte. Dave encourage les hommes à lui dire ce qu'ils ont à dire ; il ne va pas y passer la journée. Johnny s'offusque du moindre froncement de sourcils.

James ne se fait pas prier davantage. Il se cale dans la chaise, puis annonce :

—On va te fournir un pick-up. Ta job, c'est d'aller à Cornwall avec. Demain. Johnny va t'attendre là-bas et prendre le relais. Y va y avoir un autre gars avec toi, en *decoy*, qui va avoir un scanneur de police, et qui va se faire arrêter à ta place au besoin. Toi, tu transportes le stock.

—C'est quoi le stock ?

—Pose pas de questions, réplique Johnny. Et ferme la gueule à tes chiens, sans ça c'est moi qui m'en charge.

James lève la main à l'intention de son comparse, le coupe :

— Tu vas avoir pas mal de coke dans le pare-chocs, qu'on a modifié, et dans le compartiment à sac gonflable. T'es partant ? Je paye le double.

— Ouain, je sais pas. La coke, c'est pas comme le tabac, pas vraiment un droit ancestral.

— Bonne blague. Y nous arrêtent aussi pour le tabac, et les peines se ressemblent toutes. Mais là, faudrait vraiment qu'ils démontent le pick-up pour trouver le stock.

— Bon, OK. Le stock, il va où ?

— À des gars des Evil Ones, une branche ontarienne des Hell's. Johnny a été sympathisant pendant un bout. Y va t'attendre là-bas et s'occuper de la partie business. De toute façon, c'est en Ontario, pas aux States. T'es super équipé, et c'est moins risqué que de traverser les lignes. Alors, tu dis oui ou tu dis non ?

— Je dis oui, tranche Dave après une brève hésitation.

— Excellente décision, Dave. Le camion va arriver dans ta cour demain matin, équipé d'un GPS et d'un cellulaire crypté. T'appelles Johnny avec dès que t'approches de Cornwall. Avec tout ça, t'es blindé. Aucune chance que tu sois retracé. Fais encore de la belle job comme l'autre fois, et tu vas aller loin.

Dave aimerait demander ce qu'est un téléphone mystifié, mais il ne veut pas avoir l'air ignare devant Johnny.

—Je fais ça pour payer mes études. Merci de votre soutien, messieurs.

Les hommes sortent, et Dave libère ses chiens, qui font le tour de la maison en haletant.

*

Le lendemain en début de soirée, Dave arrive sans encombre au *dropping point*, le stationnement d'un commerce aux environs de Cornwall. Deux camions noirs attendent face à face dans un coin sombre, phares éteints. À son arrivée, Floyd et Johnny sortent du camion de gauche, libérant le rap qui résonne éternellement dans le Hummer de son ex-beau-frère. Quand les portières de l'autre camionnette s'ouvrent, un morceau death metal ultra-agressif enterre le *beat* de Floyd. Trois motards blancs dans la trentaine avancée émergent simultanément du véhicule. Seul demeure leur chauffeur, qui augmente le volume.

Dave va se garer à distance, freine brusquement quand il remarque qu'un barbu à bandeau porte une arme automatique en bandoulière. Un autre exige de Floyd qu'il éteigne sa radio; il s'exécute, mais ne ressort pas immédiatement du camion. Dave a un mauvais pressentiment, embraye et fait marche arrière. Johnny essaie de sourire aux trois hommes, mais la réception est glaciale.

La voix qui sort de leur sono, brutale et gutturale, répète sans cesse, en gueulant:

Do you everrrrr
See outside your fearrrrs?!
Thinking about your life
Thinking about your inner fears!

Floyd ressort, pistolet au poing. Il vise l'homme à la mitraillette pour l'empêcher de relever son arme, crie qu'il fera feu s'il bouge. Dave baisse sa vitre. Il n'est pas armé. Il se regarde dans le rétroviseur, tente de recomposer son faciès apeuré. Johnny abandonne ses tentatives diplomatiques et recule.

Floyd hurle:

—Le deal est annulé! On va dégager d'ici, mais si vous bougez, au moindre mouvement, je vous descends toute la gang! *Clear, motherfuckers?*

Les sourires ironiques et les crachats des motards expriment sans nuance tout leur dégoût devant l'amateurisme et la nervosité de Floyd. Mais celui-ci se montre suffisamment agressif pour les faire reculer. Leur chef réplique seulement que les Mongols ne connaîtront plus la paix, qu'on ne lèse pas de vrais motards. Les veines saillantes, les yeux exorbités, Floyd exige de l'homme à la mitraillette qu'il balance son arme loin devant. Étonnamment, il s'exécute. Floyd vise. Il fait feu et atteint un pneu du camion des Evil Ones. Les motards n'ont pas bougé, pas un sursaut. Johnny remonte en vitesse dans le véhicule, Floyd fait marche arrière et donne un bon coup de volant. Dave fait de même, convaincu que les balles pleuvront dans quelques secondes, mais non : il dégage du stationnement sans encombre. Les motards ne les poursuivent pas, ce qui est presque plus inquiétant.

De retour chez lui, Dave va promener un peu ses chiens, puis les fait monter dans son Navara, roule jusqu'à sa boîte postale au centre de la réserve. Il y trouve l'enveloppe brune contenant les beaux billets. Quand il met l'enveloppe dans la poche intérieure de son manteau, le sentiment est fort. Avec son propre cellulaire, il appelle James. Déjà au courant de la débandade, celui-ci lui dit de conserver l'argent et le camion, ajoutant que le boss est furieux, mais que seul Johnny – à l'origine du projet – devra subir le blâme. Dave aura pour mission de livrer le camion à Kanesatake : il vendra le stock aux Higgins, mais à perte.

Dave acquiesce, raccroche et rentre. Il se couche aussitôt, exténué.

Le lendemain, il roule jusqu'à Montréal, trouve une succursale de la banque qui lui a offert la bourse, s'ouvre un compte pour la première fois de sa vie. Il y dépose tout son pécule, malgré les regards suspicieux de l'employée, qui aurait sans doute aimé enfiler des gants de latex pour manipuler les cinq mille dollars que son client lui présente avec nonchalance.

La dame place les billets de cent dans la machine pour les compter. Elle lui demande ensuite de rencontrer un conseiller financier pour justifier ce dépôt, le mène vers un bureau où un banquier l'attend. Dave ne sourcille pas, ne retire pas ses verres fumés et lui sert une moue qu'il espère méprisante avant de répondre aux questions sur l'origine de son argent: cela lui vient de son papa, si fier de son fiston. Le banquier replace sa cravate, semble réfléchir, puis finalement se montre coopératif en voyant des preuves d'appartenance à la nation, des papiers prouvant qu'il est récipiendaire du système de bourse de la banque, et après que le client a retiré ses lunettes fumées, à sa demande, pour une poignée de main.

—Qu'est-ce qu'on dit?

—Hein?

—On dit bonne journée et merci, Monsieur Lahache.

7

Une brume matinale de septembre s'étend sur la réserve. Dave sort de chez lui puis de Kahnawake – un peu à reculons, c'est vrai – pour se rendre à l'Université de Montréal et tenter de comprendre comment s'organise une vie d'étudiant. Un vent froid venu du nord transporte les effluves d'un automne hâtif, vient fouetter son visage.

Dave stationne sur Jean-Brillant. Des bandes de nouveaux étudiants déambulent en parlant fort, enthousiastes. Des anciens, en groupes moins nombreux mais habillés avec plus d'élégance, marchent en devisant. Dave prend la colline par le sentier.

Au milieu de la foule, une désagréable sensation de retour à l'enfance le saisit – le stress indélogeable du premier jour d'école. Il ne sait pas où aller, comprend à peine les indications qu'on lui donne à la va-vite. D'un regard, il peut sentir la distance, l'abîme qui le sépare des autres. Dans cette confusion des territoires, la vulnérabilité est un sentiment dangereux pour ses nerfs.

Il y a quelques années, ils étaient un petit groupe plus ou moins du même âge à fréquenter le Collège Dawson. Et avant cela, il était le leader incontesté de la Kahnawake Survival School. Maintenant, il est seul. Une solitude vécue comme un isolement – déjà un poids, mais celle de l'esprit pèse plus encore.

Il se souvient de paroles de son professeur d'éducation physique de la Survival School, un ami de son oncle Bob, ancien Warrior revenu de tout : « Quoi que vous pensiez faire dans le monde des Blancs, souvenez-vous toujours de ceci : *you don't belong*. Et c'est triste à dire, mais le monde est à eux ; vous pourrez jamais prendre leur place. C'est correct d'essayer, c'est naïf d'y croire. »

Il regarde passer la jeunesse blanche, puérile quand elle se veut légère, ridicule quand elle se veut sérieuse, et une réflexion s'impose à lui : il a grandi trop vite, et les enfants de riches ne grandissent pas vraiment.

Il parvient enfin à trouver son chemin et une place dans l'auditorium de son premier cours, où son apparence attire les regards, ce qui au moins sera bon pour les affaires.

Outre celui de philosophie du droit, optionnel, ses autres cours sont fréquentés par des visages récurrents. Il n'y a dans cette quarantaine de personnes qu'une poignée de fumeurs, et de cette poignée, seulement deux qu'il ose approcher. Le premier, un jeune fils à papa bohème, Thomas, s'avère rapidement un bon client pour le tabac. Le second, un bouclé à l'attitude rêveuse que Dave prend pour un fumeur de pot, se révèle un apathique rigide. Il aurait dû se méfier du fait qu'il a toujours la main levée – et la bonne réponse – dans les auditoriums. Quand le bouclé reçoit son offre, il menace de le dénoncer, le traite de criminel et de trafiquant. Dave voudrait le démolir et le jeter dans la poubelle la plus proche, lui faire comprendre que, s'il est vraiment un criminel, le menacer est un exercice périlleux. Une leçon utile pour un futur avocat. Il s'éclipse plutôt, en s'excusant pour la méprise.

Un après-midi de la première semaine alors qu'il est aux toilettes avec Thomas, toujours heureux de s'acheter un carton d'Export A pour une fraction du prix, il manque d'être surpris par la sécurité. Un agent entre. Le carton a tout juste le temps de disparaître dans le sac à dos de Thomas et l'argent dans les poches de Dave.

En croisant le regard d'un autre garde de sécurité près de la cafétéria le lendemain, Dave comprend son erreur : il a été trop confiant et regrette maintenant de s'être proclamé Monsieur Tout-ce-qui-se-fume-je-l'ai. Au fil des jours, il devient clair qu'on le surveille ; il le sent au détour d'un couloir, à l'extérieur, même à la cafétéria, où des collègues étudiants l'approchent pour la première fois. Des jeunes évangélistes qui comprennent rapidement leur erreur.

Pour ne pas aggraver son cas, il abandonne toute forme de trafic ou de sollicitation sur le campus dès la troisième semaine, mais le mal semble avoir été fait.

Il est ardu de plaider pour prouver la culpabilité d'un individu, raconte le professeur du cours « Personnes physiques et famille » pour les futurs procureurs – une profession noble, ajoute-t-il. Et les étudiants de la classe de faire des mimiques approbatrices. Si la sociologie semble tout essayer pour déresponsabiliser les individus, les procureurs font en sorte que l'imputabilité existe encore un peu, grâce soit rendue au droit criminel. Là, il fallait rire. Dave est toujours une note en retard, il ne fait que singer les autres étudiants. Il ne comprend pas comment ils font pour anticiper la bonne réaction.

Heureusement, Sophie non plus. Assise à sa gauche, elle est belle et sent bon. Il essaie de ne pas trop la regarder. Les cheveux blonds, les yeux bleus, le teint porcelaine ; une perle rare. Elle se tourne vers Dave avec un visage confus mais aimable, lui chuchote :

—Mais de quoi il parle ?!

—Aucune idée, fait-il, tout sourire.

Après le cours, alors qu'ils marchent côte à côte dans le couloir, elle lui demande s'il veut plaider, devenir juriste ou conseiller juridique. Quand il lui répond qu'il veut être avocat, elle ricane, lui demande s'il va faire son Barreau.

—Je veux être avocat de la défense.

—C'est drôle, je te vois pas porter la robe.

Dave fait comme s'il avait perdu le fil. Elle mord à l'hameçon et attend sa réponse.

—Woah, fille, mais tu capotes! Pourquoi je porterais des robes?

Sophie rit doucement. Dave, enhardi par son attitude avenante, ose l'inviter à manger au restaurant. Il est surpris de la voir accepter volontiers. Elle choisit un endroit sur Laurier, près de l'avenue du Parc, un endroit trop chic pour lui.

Enjouée, Sophie pose beaucoup de questions durant la soirée, demande s'il chasse souvent, si la réserve est loin, si on peut y voir passer les mêmes animaux sauvages qu'au Biodôme. Dave est surpris: il aurait cru que la crise d'Oka, à tout le moins, aurait mis les Mohawks sur la carte. Il explique que Kahnawake est toute proche et qu'aucun lynx n'a été aperçu sur la rive sud de Montréal depuis trois siècles au moins. Agacé, il charge à fond de train contre le concept du Biodôme, plaide pour faire sauter les portes et libérer les bêtes, les renvoyer dans ce qui leur reste d'habitat, interdire les zoos sous toutes leurs formes, tant qu'à y être. Et non, il ne croit pas plus aux parcs nationaux, qu'on appelle aussi réserves, méprisables enclos de quelques centaines de kilomètres pour des bêtes qui doivent en posséder des milliers.

Sophie demande pourquoi la condition du lynx captif l'émeut tant s'il est prêt à manger du bœuf dans l'heure qui suit. La question, stupide, mérite un changement de sujet. Il ne s'emporte pas ; elle n'a simplement jamais vu d'animal sauvage, ne sait rien de la fierté fière, de la liberté libre. Mais quand ses questions deviennent plus personnelles, Dave réalise que la majorité de sa vie relève du domaine de l'inavouable. De son quotidien, il passe tout sous silence, invente, fabule. Il se félicite de sa pudeur quand elle raconte le sien, fait de voyages à la mer avec ses parents, de camps de vacances en astronomie, de la panoplie composant une bonne vie rangée.

Le reste de leur soirée est fait de conversations vides et vaseuses, de commentaires irrités de part et d'autre – l'ensemble est un fiasco.

*

Pour la mi-session, Dave doit rédiger un travail d'analyse sur une question de légitimité de l'État dans son cours de philosophie du droit. Le professeur insiste pour que les étudiants y développent une réflexion personnelle. Dans ce cours, Dave se sent plus libre. Pour la première fois, un Blanc lui demande son avis sur quelque chose. Le travail, captivant, lui coûte des nuits de recherche et d'intense réflexion.

Régénéré et habité d'un rare sentiment de légitimité, il se rend chez un dentiste qui lui soigne enfin sa carie.

Le jour de la remise des travaux aux étudiants, le professeur demande à Dave de passer à son bureau après le cours. Celui-ci va s'asseoir en cherchant sa note du regard – elle n'est pas inscrite sur la première page.

À sa place, il épluche les quinze pages de son travail. Il y a peu de fautes d'orthographe – sa bête noire –, le tout augure bien. Mais sur la dernière page se trouve un commentaire d'une dizaine de lignes qui semble avoir été écrit en pictogrammes sumériens et, au bas, encerclé au stylo noir, il y a un gros D-. Stupéfait, Dave se met à suer à grosses gouttes. Il fouille dans son cartable, sort un premier travail, remarque que la calligraphie n'est pas la même. Il avait eu B- pour celui-là. Le commentaire n'est pas signé. Il demande au garçon à sa gauche s'il ne pourrait pas lui traduire les lignes indéchiffrables.

—« Travail sans véritable fil conducteur souffrant d'un manque de concision marqué. Plus de nuance dans les analyses de la politique coloniale aurait été nécessaire pour bien circonscrire les enjeux de la problématique. Les fréquentes digressions vous font souvent vous écarter du sujet. Le manque de précision et de références dans l'argumentation vous fait développer des conclusions erronées et peu ou mal étoffées... »

—OK, tu peux arrêter, j'ai compris.

Dave reprend le travail des mains de son confrère, serrant les pages jusqu'à les froisser. Qui est ce correcteur ? Et où le trouver ? Il lui faut une heure pour reprendre ses esprits, le double du temps qu'il a mis à reprendre connaissance quand il a été assommé à coups de batte de baseball l'été de ses seize ans, pour une histoire de fille.

Quand le cours se termine, Dave sort de son vortex intérieur et suit le professeur jusqu'à son bureau. Un bronze de vieux Grec, un petit drapeau du Canada, plusieurs recueils de textes disposés en ordre sur une table de chêne verni qui fait plus d'un mètre de large. Le professeur retire ses lunettes, montre des signes de fatigue. Il demande à voir le travail, lit le commentaire, hoche la tête, puis regarde Dave dans les yeux.

— Écoutez, monsieur Lahache, votre travail souffre de plusieurs lacunes. Il semble que vous soyez disposé à l'emportement, je me trompe ?

— Vous avez vraiment pas aimé mon texte...

— Non, non, il ne s'agit pas de cela du tout. Vous savez, c'est le texte qui fait la note, pas l'inverse...

Dave se lève d'un bond. Le ton monte :

— Tu l'as même pas lu, le maudit travail, comment tu peux savoir ?

Le professeur lève un sourcil pour montrer qu'il n'est pas ébranlé ni intimidé le moins du monde. Cette perception casse Dave, qui se rassoit, penaud.

— Écoutez, monsieur Lahache, l'idée n'est pas de savoir si je suis d'accord ou non avec vos affirmations. Votre mauvaise note vient du fait qu'elles ne sont pas étoffées et demeurent sans références. Vous passez de l'une à l'autre sans aucune rigueur. De plus, et surtout, elles s'écartent du sujet que vous deviez traiter, soit l'histoire du droit canadien et ses sources dans la tradition philosophique. Vous parlez comme s'il n'y avait ici que les Autochtones, voilà pourquoi vous arrivez difficilement à insérer les thèses des philosophes étudiés dans ce cours. La seule citation de votre travail vient d'Hiawatha, qui n'est pas un philosophe étudié dans ce cours, s'il en est même un. Je vous avais pourtant fourni une bibliographie.

« Je sais ce que je te fournirais, moi... », songe Dave.

—Hiawatha est l'ancêtre de la constitution des États-Unis. Son maître Dekanawidah a été l'artisan de la réunion des nations qui ont bâti la société de droit la plus complexe du monde. Vous vouliez qu'on fasse ressortir l'origine des démocraties nord-américaines, ben c'est ça. Y a aucun philosophe qui le mentionne. La dénonciation des méfaits et des mensonges historiques, c'est pas ça, le droit ? Où, sinon ici, est-ce que je pourrais développer ce genre de réflexion ?

—Oui, je comprends tout cela, votre démarche est juste et bonne, mais votre travail demeure mal ordonné. Cela dit, si vous travaillez tout cela, vous avez encore espoir de passer le cours.

—Si je passe pas, ils vont m'enlever ma bourse !

Le professeur hausse les épaules : il n'en tient qu'à Dave d'éviter ce drame. Celui-ci se lève, laissant le travail sur le bureau. Il fixe le professeur, puis le buste en bronze : ils se ressemblent étrangement. Dave se voit les faire se rencontrer de près. Il prend une grande inspiration, sort de la pièce, puis de l'université.

Dehors, à trois pouces des portes, il s'allume une cigarette en soufflant :

—Hiawatha, pas un philosophe ? Chien sale ! Y devrait y avoir des statues de lui à tous les maudits coins de rue du continent.

Il fonce droit devant, parle tout seul, submergé par la rage et l'impuissance, indifférent à ceux qui le regardent. Sa colère est telle qu'il doit partir, de peur de faire une connerie, qu'un étudiant frileux n'appelle la sécurité, qui le connaît trop bien. Il dévale la côte, débouche sur la rue Jean-Brillant, où il a laissé son camion. Il remet encore Johnny Cash, se roule un joint, puis cherche un coin tranquille où le fumer en paix. Son souffle est saccadé, ses dents grincent ; il serre le volant, le frappe des paumes, râle. Il visualise le bidon d'essence dans sa valise, imagine la tour phallique de l'université qui s'écraserait dans les flammes, la panique qui s'ensuivrait – les images ont quelque chose d'apaisant.

8

Martial Carignan s'était pourtant juré qu'il ne toucherait plus au tabac. Il a recommencé à fumer depuis moins d'une semaine que, déjà, il subit les sarcasmes de ses collègues. Mais Martial a du caractère ; il attend de pied ferme le premier qui aura un petit commentaire à lui servir. Il sort son paquet directement dans l'ascenseur, à la vue d'une comptable et de deux patrouilleurs.

— C'est pour me mettre dans l'ambiance. Ça faisait quasiment dix ans, lance-t-il en la regardant droit dans les yeux.

Elle sourit brièvement et sort au deuxième. Les deux autres, un jeune osant la casquette rouge et un vieux routier à la moustache grisonnante, font un pas devant, encadrant Martial.

— Hé, Carignan, tu t'es rasé la moustache ! Incroyable, je t'avais jamais vu sans, dit le plus âgé, dont Carignan a oublié le prénom.

Malgré son grade de lieutenant-détective, les trois sergents-détectives directement sous son autorité, un grand bureau et plus de vingt ans d'ancienneté, la plupart des officiers sont familiers avec lui. Son unité est le parent pauvre de la SQ, et personne ne se soucie que Carignan en soit le directeur et le seul vrai pilier.

—Oui, j'ai regardé le film *La moustache* hier, pis là ça m'a pris. Voir combien de monde s'en rendrait compte.

—Pis ?

—Pis quoi ?

—Combien de monde s'en est rendu compte ?

—Ah ! Ben, tout le monde.

L'ascenseur s'immobilise, les portes s'ouvrent. Les trois hommes se dirigent vers la sortie qui mène au stationnement. Carignan allume sa cigarette. Les deux officiers restent à flâner un moment. Celui qui n'a pas dit un mot, le plus jeune, semble choqué.

—Tu fumes des indiennes ?

Carignan a envie de lui souffler sa fumée au visage. Le plus vieux du tandem intervient :

—Félicitations pour ta nomination, en passant. Est-ce que tu nous donnes un scoop ? Comment vous allez la nommer, cette OP-là ? Paraît que c'est gros...

—Oui, c'est gros, en effet. On va frapper dans trois villes en même temps, avec trois cents gars. On a appelé ça Opération Cerbère. Mais c'est pas moi le boss, vous savez pas comment ça marche ? Mon unité a juste la charge de l'assaut sur Kahnawake. De la centaine d'agents qui vont être dans mon escouade, y vont être une cinquantaine au QG des motards, et les autres vont bloquer les routes. Je vous mets sur le coup, si vous voulez : je manque de gars pour le cordon du pont Mercier.

Carignan jette la cigarette à moitié fumée, passe entre ses collègues en les saluant d'un signe de tête et retourne à l'intérieur. Si le lieutenant-détective a encore quelques mois devant lui pour manœuvrer en vue du mandat élargi, il a tout de même hérité de la part ingrate de l'affaire.

Sirotant son café dans son nouveau bureau, il fait défiler les pages du dossier d'une autre opération en territoire mohawk qui a eu lieu l'an dernier. Centrée grâce à lui sur les motards blancs de Kahnawake – déjà remplacés par d'autres –, l'opération du Module de lutte au crime organisé de la police de Montréal aura eu le mérite d'augmenter la transparence des collaborations. Depuis ce coup du SPVM, la SQ fait pâle figure et caresse donc le projet d'une vaste opération pour démanteler le réseau de la route 344. Ils ont les noms des producteurs et des acheteurs, l'adresse du bunker où les substances sont fabriquées, les points de débarquement des marchandises, les différents acheteurs du Québec, de l'Ontario et des États-Unis. Seul manque le mode opératoire.

Pour le moment, ils n'ont que quelques plaintes citoyennes. Il leur manque encore les preuves suffisantes qui permettraient de décrocher le mandat. Carignan a besoin d'un agent *undercover* sur place, mais le nouveau bunker est différent : dirigé par une coalition de motards de l'Ontario et du Québec, son personnel est essentiellement constitué de jeunes du coin. Il y a beaucoup d'irritants, comme le fait qu'il ne peut opérer sur le territoire qui lui a été assigné sans autorisation des *peacekeepers*. Le projet a été bloqué jusqu'à maintenant, faute d'une prise pouvant en entraîner d'autres. Tout le succès de la dernière opération, à laquelle son unité a collaboré indirectement, a reposé sur des informations précises et véridiques fournies par un jeune du coin, d'âge mineur, et par l'arrestation d'un Rock Machine pris en flagrant délit de vente d'armes près d'Oka. Ce dernier a torpillé son monde, fournissant ce qui manquait, et le bateau a coulé. Plusieurs motards, une fois incarcérés, ont parlé de meurtres et d'enlèvements certainement suivis d'autres meurtres dans la foulée du chaos engendré par l'opération et ses suites, mais aucun service de police n'a pu récolter de preuves permettant de valider ces allégations. Depuis cette débandade, l'autre gang de motards, les Hell's Angels, a pris le contrôle du trafic et semble faire plus attention.

L'unité mixte a donc conclu qu'il allait falloir attaquer le monstre par la base : ses ouvriers autochtones.

De retour dans le local assigné à l'opération Cerbère, en imaginant des scènes invraisemblables de fusillades hollywoodiennes, Carignan reçoit une plainte concernant une attaque à Châteauguay, sur la personne d'un propriétaire de fast-food. Des armes seraient impliquées. La victime a désigné une certaine Jenny Lahache. En fouillant les archives, Carignan apprend qu'elle a un frère : Dave, un voyou de vingt-deux ans.

Deux heures plus tard, il débarque à la Kahnawake Survival School, où il rencontre la directrice, qui l'autorise à rassembler les documents concernant Dave : dossier scolaire, un article concernant la mort de sa mère, un autre sur une compétition de canotage qu'il a gagnée, adolescent. En examinant les bulletins, il découvre le dossier d'un jeune homme capable du pire comme du meilleur. Il s'agit donc d'un garçon doué mais négligent, ou d'un tricheur aux moyens variables.

À partir de Dave, il élargit son champ de recherche. Une visite à Eddy – le chef des *peacekeepers* de Kahnawake, le met sur la piste d'une famille de Mohawks nommée Horn. Le père, Nick Horn, est un trafiquant indépendant qui a deux fils dans la vingtaine. L'aîné, prénommé Floyd, vingt-neuf ans, est affilié à la branche des Hell's Angels ayant conquis le territoire. Ce Floyd s'avère être l'ex ou le petit ami de Jenny. Il a fait six mois de prison ferme, est sorti récemment. Trafic de stups, outrages, banditisme, voies de fait sur des policiers; il est bien connu des services de police depuis qu'il est en âge de conduire.

La chose ne s'est évidemment pas répandue, mais cette arrestation, dit Eddy, a été causée par des informations envoyées par un cousin du côté paternel, Jeffrey Horn, le fameux informateur, qui avait quinze ans à l'époque, donc dix-sept aujourd'hui. Eddy n'a pas accès à la liste des délateurs, il a seulement reçu l'appel du jeune, qui s'est nommé moyennant la promesse qu'on garde son identité secrète. Eddy conserve tous ces rapports dans un classeur fermé de son bureau, les montre à Carignan. Il ne sait pas pourquoi ce Jeff a agi ainsi, mais qu'importe, ce qui a été fait peut être refait.

Carignan, qui va devoir surveiller certains individus sur la réserve, demande à Eddy où il pourrait rencontrer le jeune Jeffrey. Eddy, qui connaît les habitudes de tout le monde, lui parle du skatepark, où Jeff va souvent après l'école. Carignan déléguerait bien cette tâche, mais le conseil de bande ne lui permet pas d'envoyer plus d'un agent à la fois sans mandat. Eddy affirme avec un sourire sérieux qu'il fera tout ce qu'il peut pour convaincre ses hommes de ne pas l'arrêter. Carignan promet d'être discret, ce qui va de soi.

Il se fout bien du règlement de comptes du Valentine. L'homme aura probablement mis la main aux fesses de la petite Lahache. S'il arrête Dave aujourd'hui, tout le monde sera aux abois. Surtout, ne pas les inciter à la prudence. Il s'agit simplement de laisser passer le petit poisson pour mieux attraper le gros qui le suit. L'équipe scientifique n'a rien trouvé de probant sur le lieu du sinistre de Châteauguay, mais l'engrenage fait rouler ses mécaniques comme si c'était le cas ; les têtes de l'opération Cerbère prennent forme, ses mâchoires se solidifient, ses dents s'affûtent. La bête pourra bientôt mordre.

Carignan ressort de la bâtisse brune des *peacekeepers*, monte dans sa Buick, se gratte longuement la lèvre supérieure, et un plan germe.

*

Tous les jours après l'école, Jeffrey Horn se rend au skatepark près du club de canotage, pour y pratiquer la manœuvre dite « impossible », qui porte bien son nom. La radio diffusant les derniers *hits* du hip-hop lui appartient. Son cousin Forrest lui a fourni près d'un quart de livre de pot. Il en a pour tout le monde, en vend aux garçons, en donne aux filles.

Vers 16 heures, il fume avec sa bande son premier joint depuis la pause du dîner. Den Philips, le chef, monte sur son *skateboard* et réussit sa manœuvre du premier coup ; il gagnera ce soir quand ils joueront au billard avec les filles, sort déjà avec la plus belle du groupe. Brandon, le rappeur, a un duvet de moustache, parle constamment de filles et de hockey. Mike songe à s'engager dans l'armée pour échapper à ses parents, et Anenharison porte encore le même vieux kangourou avec le drapeau des Warriors cousu dans le dos.

Le soleil décline, darde des rayons aveuglants en plein visage. Au loin sur la route qui longe la berge boueuse du fleuve, Jeff et ses amis entendent des bruits de moteurs, puis aperçoivent les silhouettes de motocross à la queue leu-leu émergeant du crépuscule, comme un long reptile de ferraille. Tous reconnaissent Sam Moore et ses cousins. Jeff sait maintenant ce que cette famille fabrique sur leur domaine retiré d'Old Châteauguay Road, il sait aussi pourquoi le père de Philips, élu au conseil de bande, est en conflit ouvert avec le père Moore, mais il garde ses secrets.

Voyant les Moore s'approcher, Den et sa bande se lèvent, remettent leurs capuchons, ramassent leurs affaires et se préparent à fuir.

— Tu devrais dégager, Jeffrey, y'ont pas l'air de venir pour jouer aux camions, fait Den.

—Ben pourquoi ? Mon *weed* vient de leur place, y'a été payé, c'est quoi le problème ?

—Écoute, nous on reste pas ici. Je me suis battu avec Sam le mois dernier, mon père va capoter si ça recommence.

Den insiste mais, comme Jeff refuse de se défiler, ils hochent la tête et le laissent seul pour affronter les quatre terreurs. Mike et Anenharison restent dans les parages pour observer la suite, à l'abri.

Sam et ses cousins arrêtent les motos à cinq mètres de Jeff, descendent, enlèvent leurs casques, s'approchent. Sam est agressif, comme chaque fois qu'il n'est pas sous surveillance.

—Yo Jeff, ta gang se pousse ?

—*Kwe* Sam, *ioianerátie' ken* ? Les gars devaient aller souper, c'est tout. Moi j'attends encore un peu, voir si Kurri va passer.

—Elle passera pas. Ça sent le pot. Tu nous roules un joint ?

—*Come on*, Sam. Je pensais que t'étais plein aux as grâce à ton père. Je peux t'en vendre si tu veux.

La blague ne fait rire personne. Sam le pousse des deux mains.

—Yo *dude*, tu te prends pour qui ? Tu vas regretter ça, petite tapette !

Jeff recule.

—Ben là… Calme-toi un peu, Sam. J'ai insulté personne.

—Ta musique de nègre, là, c'est plate en chien, fait Sam.

Un des cousins met le pied sur la radio de Jeff, la piétine à répétition, s'excusant chaque fois de sa maladresse. Jeff riposte comme il peut :

—*Hey, fuck you* ! Tu me dois un stéréo ! C'est quoi ton nom, toi ?

Sam bondit. Il décoche une droite, atteint le menton de Jeff, puis envoie une gauche. Le second coup atteint Jeff à l'oreille. On le saisit par les épaules, le projette au sol avec violence. Il n'a pas eu le temps de bouger qu'il est saisi par les pieds et les mains. Il gigote encore, mais Sam, qui se tient au-dessus de lui, envoie quelques coups de pied dans les côtes. Un autre le fouille. Il trouve un sac de pot séparé en grammes.

Sam recule de deux pas. D'un signe de tête, il ordonne que Jeff soit relevé. Il a la tête qui tourne, ses yeux pleurent, il ne voit plus rien. Quand la vision revient, il voit son sac de cannabis disparaître dans les poches d'un manteau de cuir aux couleurs du drapeau des États-Unis. Les quatre jeunes hommes le traînent vers le fleuve. Il est sonné, ne se débat plus que faiblement. Arrivés au bord du fleuve, les garçons le balancent une fois, deux fois, trois fois en poussant des oh ! et des ah !, et le jettent dans l'eau froide. Humilié, frigorifié, Jeff se relève dans la seconde. Il a de l'eau jusqu'aux mollets.

— La prochaine fois que tu vends sur mon *turf*, Jeff, ça va moins bien se passer pour toi ! lui lance Sam, les pieds bien au sec, avant d'enfourcher sa motocross et de repartir avec sa bande en ricanant, dans une atmosphère d'autocongratulation.

Le soleil se libère de l'emprise des nuages, réchauffe un peu l'adolescent détrempé. Il reste assis un moment au bord de l'eau, hébété.

La bande à Philips revient vers lui. Jeff se plaint de leur manque de solidarité, de la perte du cannabis, du bain forcé qu'il vient de prendre. Den dit :

— Arrête de chialer, on t'escorte jusque chez toi. Désolé, mais tu savais ce qui allait se passer. Faut toujours que tu fasses à ta tête.

— Tssss. Les aigles fuient pas les corneilles. Bon, faut que je trouve un mensonge pour ma mère. Ça vous tente pas de sauter à l'eau, on pourrait dire qu'on s'est baignés tout habillés ?

Ses amis l'entourent, lui tapotent les épaules, jurent qu'ils interviendront la prochaine fois. Sur le chemin du retour, traversant ce qui semble être l'arrière-cour de la réserve, avec ses terrains vagues longeant le fleuve, la bande pique par le stationnement du CLSC pour retrouver le quartier résidentiel, où tous se séparent. Jeff marche lentement sur Patton Road. Il passerait bien la soirée et la nuit sur un terrain désert, mais son corps tremble et son estomac gargouille.

Avant qu'il n'ait atteint Veteran's Boulevard, une Buick bleu foncé passe près de lui. Elle ralentit à sa hauteur, le dépasse et s'immobilise dix mètres devant. Un Blanc dans la quarantaine vêtu d'un imperméable en émerge. Cheveux en beignet bien taillé, beaux souliers. Il sort un paquet de cigarettes Canadian Original, légales si on les fume sur la réserve. S'appuyant contre le coffre arrière, il fume sans inhaler. Il ne dupe pas Jeff, même sans moustache. L'homme lève la main, comme s'il allait dire *Hugh*! Jeff continue d'avancer, cherchant à se composer une figure et un ton arrogants, puis dit :

—La SQ, c'est illégal ici, mon chum. *Get the fuck outta here!*

La réponse de l'officier, en anglais, trahit ses origines francophones :

—*Hey, Jeffrey. It's your name, huh, Jeffrey, isn't it? It is you I want to see. No you worry. I mean...* Embarque, je te ramène.

Jeff en a suffisamment sur les bras pour le moment : il exhibe ses vêtements trempés en faisant un tour sur lui-même comme un mannequin au défilé, argue qu'il ne voudrait pas mouiller la belle voiture de l'officier.

Carignan ouvre la portière côté passager et reformule sa demande, en français. Jeff l'envoie se faire voir, tourne le coin en direction de chez lui. Il accélère le pas, jetant des coups d'œil nerveux autour et derrière lui. L'inspecteur redémarre et le suit.

—T'as l'œil, Jeffrey, je suis effectivement un inspecteur de la Sûreté du Québec (il lui montre son badge, dévoile son pistolet au passage). J'enquête sur un incendie criminel qui a eu lieu à Châteauguay. Je suis ici à titre informel. Je sais que tu sais qui a fait le coup, mais je te demande même pas de les dénoncer. En même temps, on peut pas vous laisser foutre le feu partout non plus. Allez, embarque.

Durant son monologue, Carignan roulait à côté de Jeff, la portière ouverte. Maintenant qu'il a terminé, il le dépasse et freine. Jeff cesse de marcher. Sa lèvre inférieure tremble.

Il se doutait bien qu'on le recontacterait un jour, espérait quand même que ce serait dans un avenir plus éloigné. Il n'y a rien de plus criminel que d'aider les forces de l'ordre. C'est un geste qui lui procure un incomparable sentiment de dissidence. Tous ceux qu'il connaît l'ont bien mis en garde contre la police blanche : le simple fait de s'asseoir sur la banquette avant d'une voiture de la SQ constitue une trahison face à la nation.

Son père ne parle de la nation qu'une fois soûl. Ces temps-ci, il en parle tout le temps. Il considère que l'annexion des terres autour du Sault-Saint-Louis par le gouvernement mériterait qu'on lance une bombe nucléaire sur Québec, et autres insanités du genre. Jeff se dit que son père – comme tous les autres patriotes d'ailleurs – ne fait que trouver des objets sur lesquels jeter sa rage et son désespoir. Sa haine lui est devenue précieuse. Jeff monte dans la voiture. Ils font trois coins de rue en silence, chacun regardant devant lui.

Jeff le guide avec la main ; Carignan roule jusqu'à sa maison, lui tend sa carte de visite.

—Donne ça à ton ami David, veux-tu ? C'est rien d'officiel pour le moment, mais tu sais, j'ai tout ce qu'il me faut pour l'inculper de plusieurs chefs d'accusation très graves... S'il m'aide, je vais pouvoir l'aider aussi. Je suis sa seule planche de salut. Ce que je veux, moi, c'est coincer les ennemis de tout le monde ici, les vrais criminels. Alors tu lui diras de m'appeler, OK ?... OK ? fait-il encore en cherchant le regard de Jeff.

Jeff s'étonne de sa propre assurance quand il déclare :

—Oublie Dave, bonhomme, pis essaie pas de me vendre ta salade, j'haïs ça la salade. Pourquoi tu vas pas l'arrêter si tu le tiens, comme tu dis? *Anyway*, c'est pas lui qui a fait le coup. *And hey*, prends-moi pas pour un débile non plus! Je sais très bien pourquoi tu m'approches. Je vais penser à ta proposition, mais faut plus jamais qu'on soit vus ensemble. T'as pas l'air de savoir comment ça marche, fait que tu fais comme je te dis. Capiche, chef? Je te rappelle.

—Capiche, Jeff. C'était du beau boulot, en passant, la dernière fois. Bravo.

Jeff tire sur la poignée. La portière ne s'ouvre pas. Trois secondes passent dans un silence malaisé où il attend que Carignan déverrouille. Cela fait, il sort et fonce jusque chez lui, fébrile, le cœur battant si fort que tous ses muscles ramollissent. Il regarde partout autour, nerveux comme un oiseau au sol.

La propriété de sa famille est immense. Trois maisons, plusieurs roulottes, un bric-à-brac causé par plusieurs années de négligence: des squelettes de ferraille, des vieux pneus empilés, une carcasse de bateau, plusieurs motoneiges et VTT en panne depuis des années jonchent le terrain. La plus grande maison appartient à ses parents, celle sur la gauche à sa sœur Kerrin-Lee, et celle de droite, meublée, est celle où Jeff s'est installé le jour de ses seize ans. Il compte en faire le ménage un jour. Un vieux camion de livraison bloque l'entrée. On peut voir son flanc depuis la rue.

Son père y a laissé les traces de sa dernière cuite : avec du ruban industriel rouge, en lettres géantes et croches, il a écrit : « *Band council is not Sovereign.* »

Jeff n'avait encore jamais vu cette inscription. Il a beau avoir sa propre maison, il passe la majorité de ses nuits chez ses amis. La semaine dernière, son père glorifiait encore le conseil de bande, faisant des élus et des Warriors les seuls « vrais Mohawks ». Pas besoin d'être devin pour comprendre qu'il a changé d'avis quand le conseil lui a demandé de faire le ménage de son terrain. Jeff frappe quelques débris du pied, rentre chez lui en utilisant la clé qu'il porte au cou.

À l'intérieur, il allume le poêle sans se déchausser, puis fonce sur son ordinateur. En trois clics, il se retrouve sur le site de clavardage utilisé par les jeunes de son école. Une dizaine de ses amis sont en ligne. Il écrit pourquoi les Moore mériteraient de se faire bouffer les tripes par des aigles affamés, comment un gros chien de la SQ l'a approché, comment ce Carignan a pris Jeff pour un idiot, et comment lui s'est bien défendu face à toute cette chiasse. Il tape tout cela à la vitesse de l'éclair. Sur le point d'appuyer sur le bouton d'envoi, il se relit, se ravise. Il efface le message, ferme la fenêtre puis éteint la machine. Il va à la cuisine, ouvre une conserve de pois qu'il met sur le feu en cherchant quelque chose pour les accompagner. Il trouve des ailes de poulet congelées, les met au four, termine sa course dans son sofa, avec une bière et une cigarette.

La première page du *Punisher*, collection de vieux *comics* héritée de son beau-frère, montre le héros armé et dangereux. La narration dit: « la paix se conquiert » et « *si vis pacem para bellum* ». Il ne va pas plus loin dans sa lecture, se lève, monte le son de son lecteur CD, fait ainsi entendre Iron Maiden jusqu'à la route.

Le téléphone sonne. Jeff sursaute, baisse le volume et bredouille:

— *Hello? Kwe?*

Au bout du fil, un représentant d'une compagnie de placements. Jeff joue les importants, mais l'homme comprend son erreur et raccroche après avoir cherché une excuse.

L'envie maniaque de bouger le saisit. Il s'attaque au ménage, à la vaisselle, fait tout en même temps. Il se démène pendant quelques minutes, puis interrompt tout, complètement las. Le souvenir de sa rencontre avec Carignan, plus encore que sa mésaventure avec les Moore, le travaille au ventre. Si la violence des Moore est ordinaire, fait partie du décor, ce qui vient de lui arriver est rare. Peut-être une issue? Cet inspecteur joue à un drôle de jeu. Floyd travaille avec les Moore, mais son détestable cousin ne le protège en rien. Son esprit vagabonde. Rien n'arrive pour rien. Il veut simplement être du bon côté. Qu'importe l'origine, seule la destination compte. Jenny lui a dit ça récemment. Elle a dit aussi, à une autre occasion, que seule l'intention avait de l'importance. Il se rappelle avoir lancé l'idée de la vendetta du fast-food, sans avoir pu en être. Il regrette de toujours vouloir impressionner cette fille inaccessible.

Sa tête est lourde. Il reste assis quelques minutes, ruminant ces réflexions le visage entre les mains, puis retourne à son ordinateur et tape: «Carignan enquêteur» sur le site de l'annuaire de répartition, mais toute tentative pour accéder au bottin de la SQ lui donne un «404, document non trouvé/*Not found*». La dernière fois, il avait tuyauté les *peacekeepers*. Avec la SQ, il jouerait sur un autre registre.

Le nom finit par sortir sur Google, dans un article récent sur la crise d'Oka où l'enquêteur est interviewé. Jeff n'était qu'un enfant à l'époque, mais se souvient quand même des relais chez ses parents, des armes de gros calibre que les hommes trimballaient partout, de la bière comme s'il en pleuvait, de la nourriture qui arrivait par grosses boîtes scellées, de l'enthousiasme guerrier, des beaux discours des amis de son père, de cette bulle d'adrénaline pure qui avait explosé dans leurs cerveaux, déversant son jus des mois durant.

Il prend son téléphone, compose le numéro de Dave avec l'intention de le prévenir de la visite, mais ses pois explosent. Il se lève pour remuer la casserole d'une main, tenant la carte de Carignan de l'autre. Puis il se sert son souper dans une assiette sale.

Après avoir mangé, il reprend son téléphone, le fixe un moment. La musique lui donne de l'énergie, un sentiment de puissance exaltant. Il compose enfin le numéro de Carignan. Trois coups, et l'enquêteur répond. Jeff ne lui laisse pas le temps de parler, il se lance :

— Si j'accepte de t'aider, tu laisses tomber Châteauguay ? Si c'est oui, je vais aller te les chercher, tes preuves, moi. Les Moore, je les connais. Laisse Dave en dehors de ça, y fait des études et il a pas rapport avec ça.

Carignan garde le silence un court moment.

— Oublie ça, Jeffrey, t'es trop jeune pour cette job-là.

Rien ne démontera plus jamais Jeffrey Horn. Les barricades n'existent pas si on les ignore, et les criminels se ressemblent tous. Prétexter qu'il faut les protéger parce qu'ils sont du même sang est inacceptable à ses yeux.

— Trop tard, bonhomme. Je t'attends sous le pont Mercier, près du graffiti géant qui dit *Echoes of a proud nation*. Demain soir, huit heures. Sois-y ou ben crève.

9

Le bruit de ses semelles sur les feuilles mouillées évoque pour Jenny les beaux jours de l'enfance. Le vent joue avec les vieilles cimes des arbres. Le chant des feuilles relève du sacré : on ne peut entendre le bruissement de chacune, mais l'ensemble est audible et harmonieux ; le livre de BigEagle, qui est excellent, en parle longuement. L'automne a toujours été sa saison préférée. Elle traîne le pas, imbibant ses semelles de feutre, se rend chez son frère en prenant son temps.

Dave a de la difficulté à sortir de chez lui depuis quelques semaines, et le fait payer à tous par une humeur plus noire que les nuits de novembre. Elle l'aidait encore de gaieté de cœur le mois dernier. Mais depuis une semaine, elle ne pense plus qu'à la paye qu'il lui offre. Lui s'occupe d'étudier et d'angoisser sur le fait qu'il n'étudie pas suffisamment. Jenny n'en a pas de preuves, mais soupçonne que c'est l'angoisse qui récolte la plus grande part de son temps. Elle s'occupe de tout le reste. Surtout de les nourrir, les chiens et lui.

Arrivée au portique, elle essaie la poignée, verrouillée. Sa présence ameute Chinook et Bazooka, leur tire quelques jappements. Elle frappe encore; seuls les chiens répondent. Si Dave est encore sorti avec les Horn, elle va l'étriper. D'un autre côté, elle aurait l'occasion de faire le ménage de sa chambre – sa cellule, dirait-on –, normalement interdite d'accès. Il lui faut un moment pour trouver la clé, perdue au fond de son sac. Elle ordonne aux chiens de s'écarter, puis tourne la poignée. Les bêtes laissent à peine la porte s'ouvrir avant de bondir dehors comme si la maison était en feu.

La porte de la chambre de son frère est fermée aussi, mais le loquet n'est pas mis. Jenny l'ouvre discrètement. Dave lui tourne le dos: assis à son bureau, il travaille, semble absorbé. Elle fait un peu de ménage, verse de la moulée dans les bols vides, puis met une musique d'ambiance et s'assoit sur le divan avec le livre de BigEagle, sur lequel elle bûche depuis un mois entre deux séries télé. Sa mère, ancienne professeure de langues – elle parlait le kanien'keha, l'innu, le français et l'anglais –, aimait lire. Jenny, elle, doit faire un effort constant pour rester concentrée.

Alors qu'elle tourne les pages, le souvenir de son premier amour lui revient d'un coup. Dan lui avait parlé d'un livre fascinant qu'elle n'a jamais lu. Ils avaient seize ans; elle l'avait rencontré durant son voyage à Wendake, un week-end avec sa mère et son frère, le temps d'un pow-wow. Dan. Il était grand et costaud, aimait la chasse, le canot, les Warriors et le rugby; il avait aussi le visage lisse, les yeux doux, la voix basse et le sourire facile. Et il lisait, parlait d'une foule de choses passionnantes, rêvait d'étudier l'anthropologie à Québec. Un Abénakis avec un accent imperméable à l'anglais. La suite de leur relation, à distance, a été pénible, mais il demeure l'homme de ses rêves, un étalon pour mesurer tous les prochains.

Les chiens rentrent d'eux-mêmes après une heure – elle n'a pas terminé un chapitre.

Le lendemain, debout avec l'aurore, elle prépare le déjeuner. Les œufs avec bacon sont chauds sur la table quand Dave se lève et vient la rejoindre, les yeux sales. Jenny tente d'être agréable, mais l'humeur de Dave détruit l'idée même de l'optimisme. Il ronchonne, émet quelques grognements, puis va s'habiller en vitesse pour aller à ses cours.

Dans un bol de chêne, Jenny déchiquette des racines de valériane, des fleurs de camomille, autant de feuilles d'origan séché, y ajoute un peu de noix de muscade râpée, puis écrase la mixture, à laquelle elle ajoute un peu de lait en poudre chauffé au micro-ondes. Elle pense à sa mère, y verse une larme – Jenny peut pleurer sur commande. Elle pilonne le tout pour en faire une pâte plus ou moins homogène. Cette concoction va aider la concentration de son frère. Résultat garanti.

Elle se glisse dans sa chambre et saupoudre la surface de son bureau, ses draps et le dessous de son oreiller avec la mixture magique. Chinook renifle avec curiosité, mais l'odeur le repousse.

En faisant le ménage, Jenny trouve des amphétamines dans ses tiroirs. Déjà qu'il fume, boit plus que de raison, et gagne en cernes ce qu'il perd en robustesse... Elle termine sa journée en écoutant A Tribe Called Red, danse dans le salon avec les chiens, met une nouvelle photo sur son profil Facebook ; les tonnes de commentaires épatés la revigorent. Elle jase un moment par messagerie instantanée, puis décide d'aller se promener. Une belle journée. Elle s'éclipse par la porte arrière en entendant le camion de son frère entrer dans la cour pavée.

Le surlendemain, Jenny cogne à sa porte de chambre, mais se fait renvoyer. Elle entre quand même, le prend en flagrant délit de saupoudrage de pilules dans son café.

—Dave Lahache ! Mais qu'est-ce que tu fais ? C'est quoi ça, des *speeds* ? Les tisanes au réséda et à la valériane que je te fais, ça aide *vraiment* ta concentration, contrairement à tes cochonneries chimiques.

—*Shit*, Jenny, c'est pas une maudite liqueur au gazon ou de la poudre à éternuer dans mon lit qui vont me faire passer mes examens ! Tu sais pas ce que je vis en ce moment. Laisse-moi tranquille avec ta maudite verdure.

Au bord des larmes, Jenny s'acharne tout de même :

—Tu veux que je prenne soin de toi, alors tu m'écoutes ! Forrest vient d'appeler, je lui ai dit de plus te déranger, t'es sorti bien trop souvent déjà. Je suis certaine que t'as du retard, et c'est bientôt la fin, là.

Elle a beau lui masser les épaules, elle sent toujours l'extrême tension, passée de la tête aux muscles.

—Ah, Jen, j'y arriverai pas, je vais craquer, ç'a pas de sens, tout ça. Je me demande ce qui m'a pris.

—Tu voulais devenir avocat parce que t'as vu où se passe le vrai combat, parce que t'es brillant, et parce que tu veux faire quelque chose de ta vie.

—Le pire, c'est mon cours « Personnes physiques et famille », qui est plein d'études de cas impossibles... Mes cahiers sont remplis de notes sans queue ni tête, j'ai eu D à la mi-session ! Comment tu veux que je rattrape ça ? Ou ben « Développement des habiletés du juriste 1 »... Y faut que je mémorise la jurisprudence marquante du maudit droit canadien, pis pour chaque exemple qu'on me donne, j'en trouve quarante-huit qui vont dans l'autre sens. Tu comprends ?

—Kim se plaint que tu l'appelles presque jamais. Pourquoi t'es chien de même avec elle ?

—Comme si j'avais le temps pour elle ! T'écoutes pas quand je parle ? Oublie Kim, elle a un enfant, et la seule chose qu'elle est capable d'envisager dans la vie c'est d'en avoir un autre !

Dave balance un recueil de notes sur le mur dans un geste d'exaspération.

—Faut que tu passes par là, Dave, c'est ton épreuve, tente Jenny. T'as promis à maman que tu ferais des études, quasiment sur son lit de mort ! Mais peut-être ben que t'es trop lâche pour continuer... En tout cas, faut que t'arrêtes les pilules et le pot. Et pendant que tu y es, lâche dont le tabac et le café, t'as les dents jaunes comme de la paille.

—OK, j'en ai assez entendu, là. Je te paye pas pour que tu m'écœures. Sais-tu quoi ? *You're fired !* Retourne faire cuire des hot-dogs !

Les chiens glapissent et gémissent en sentant l'agressivité monter. Jenny sort de chez son frère en pleurant. Elle rentre chez elle à pied, sous les bourrasques.

Une colère détestable l'habite, la rancœur de la dévouée devant l'ingratitude. Transie, elle allume son poêle. Sa maison à elle est propre, sent bon. Le vide et le silence l'apaisent. Elle s'assoit devant la table du salon, prend une bonne inspiration – elle ne doit pas se laisser infecter, garder le moral est essentiel durant les moments difficiles. Si elle ne lui sert plus à rien, il faudra qu'elle s'éloigne de Dave. Jenny aime bien les vampires, mais seulement à la télé.

Elle allume son ordinateur pour jaser avec Kim, qui a le don de rendre les choses plus légères malgré ses déboires amoureux avec Dave, mais elle n'est pas en ligne. En revanche, un courriel de Jeffrey Horn qui s'affiche dans sa boîte de réception l'étonne grandement. C'est un poème d'amour :

Lay beside me
Tell me what they've done
And speak the words I wanna hear
To make my demons run
The door is locked now
But it's open if you're true...

Le poème s'étale sur une page entière. Épatée, Jenny le relit. Elle n'avait jamais entendu dire que Jeff écrivait des poèmes. Cependant, lorsqu'elle copie et colle quelques vers sur Google, elle trouve, soupire, éteint la machine et va se coucher.

10

Le soir de Noël, chez Bob, assis à une table avec les frères Horn, Dave remarque que son oncle, sa maison, son entourage ont changé. Le nouveau monde ne promet rien de bon. Floyd s'est rasé les cheveux et semble avoir arrêté de s'entraîner : il grossit de partout. Il porte une chemise sport sans manches et quelques bijoux. Forrest prend du ventre aussi, et ses cheveux lui vont maintenant au milieu du dos. Il porte des jeans et un vieux t-shirt noir. Il n'arrête de manger que pour passer des commentaires ironiques. Entre deux bouchées, il dit :

—*Shit*, Dee, t'as maigri. T'es poqué, t'as l'air bizarre. Me semble que c'est pire chaque semaine. *Man!* Ça tue, l'université.

—Oui, vraiment. La pire affaire que j'ai jamais faite... J'ai vraiment pas envie d'en parler. Hé, checkez ça, c'est pas Johnny là-bas ? Qu'est-ce qu'y fait ici, lui ? Depuis quand tout ce monde-là se tient avec ma famille et nos amis ? Y a un paquet de personnes qui sont même pas d'ici, qu'est-ce que c'est ça ?

Dave regarde Floyd, qui regarde son assiette. Forrest fait signe à Dave de parler moins fort.

— Regarde les badges sur les *coats*, Dave, fait-il d'un ton alarmé. C'est des Mongols.

— C'est ça j'me dis moi aussi.

— Non, *dumbass*, la gang. C'est des *one-percenters* en plus, watche-toi.

— C'est chez nous ici ! J'ai vécu dans cette maison-là, moi. Qu'est-ce qu'y fout, Bob ?

— J'ai entendu dire que le président allait passer à soir, dit Floyd en se levant avec son assiette vide.

— Oh, wow, la grande visite, répond Dave, grinçant. Et c'est qui le grand Khan au juste ?

— Un franco de Montréal. Tu verras ben, répond Floyd, peu amusé.

Dave ratisse la grande pièce du regard, repère son oncle avachi dans son canapé, entouré de trois femmes blanches. L'une d'elles le tire du canapé vers le sol, puis l'enfourche comme un cheval. Elle le fait balader à quatre pattes, dans l'hilarité générale. Ils crient, simulent un rodéo ; renversent beaucoup de bière dans la cohue.

La moyenne d'âge se situe autour de quarante ans, mais on fête ici plus fort qu'à l'université. Un rock entraînant fait vibrer la maison. La bière coule à flots, la cocaïne se ramasse à la cuillère dans tous les coins, les joints sont gros comme des billots. Dave remarque que cette fête manque d'enfants et que Jenny, surtout, brille par son absence. Deux motards s'approchent de la table. Floyd les salue d'emblée. Forrest ne les regarde même pas. Ils prennent place, et le plus gros d'entre eux, un mastodonte poilu, demande en français :

—C'est toé, Dave ? Moé, c'est le Clam. Paraît que t'es avocat ?

Dave répond par un sourire tendu. Quelques secondes passent en silence, mais l'autre ne détourne pas la tête.

—Le Clam, tu dis ? Comme le mollusque ? Eh ben. Mais pour répondre à ta question, y me reste encore quelques années d'école avant d'être avocat.

—Ah, ben en tout cas, c'est bon de savoir qu'y en aura un dans 'gang. Oh, v'là le boss !

Une camionnette Mercedes noire se gare dans la cour. Trois hommes sapés en agents gouvernementaux en descendent. Le gaillard nommé le Clam sort les accueillir. Dave, curieux, le suit.

Un quatrième colosse débarque de l'arrière du camion avec un homme dans la jeune vingtaine déguisé en père Noël, qu'ils appellent Snitch. L'homme est menotté dans le dos. L'un y va d'un coup de pied au cul, l'autre le pousse sans ménagement dans les ordures près du chemin. On le relève et le mène vers la vieille roulotte à cheminée en fer rouillé qui se trouve à quelques mètres de la maison de Bob, camouflée par les arbres, où Dave, adolescent, cuisinait de l'huile de cannabis. Le visage du jeune homme déguisé ressemble à une grosse framboise. Sa barbe et ses cheveux blancs ont pris une teinte brun-jaune. Des mégots pendouillent, pris dans ses boucles, du sang lui coule de la lèvre inférieure. Snitch est enfermé dans la roulotte. Un homme se plante devant la porte.

Enfin, un jeune trentenaire sort du camion côté conducteur. Il a les traits durs, les épaules larges, l'air taciturne, les cheveux ras, le visage pâle couvert d'une barbe blond foncé, les yeux d'un bleu métallique. Le Clam va lui serrer la main et l'invite à l'intérieur. Après l'avoir dévisagé, Dave rentre aussi sans un mot.

« Le boss est là », murmure-t-on quand il retourne à sa table. L'homme entre, le silence se fait. Trois femmes délaissent leur choix du moment et entourent le boss en miaulant pour son plaisir.

Dave apprend rapidement par les salutations qu'il se prénomme Happy. L'homme transpire la violence, mais semble détendu. Dave remarque une crosse de pistolet qui dépasse de sa ceinture quand il va s'asseoir à une table, entouré des femmes. À sa demande, Bob s'assoit devant lui. Ils se souhaitent un joyeux Noël, boivent ensemble. Le boss entretient un silence crispé quelques secondes après la première gorgée de bière, puis Dave les écoute échanger des banalités pendant un moment. Ils passent rapidement à des sujets plus délicats : le business, la mafia et les motards ontariens qui tentent de contrôler le trafic autochtone depuis peu. Dave les entend ensuite discuter du délateur déguisé en père Noël, puis de tous les délateurs comme étant l'incarnation du mal. Le boss explique à Bob que, d'ordinaire, les *snitches*, il les descend lui-même, mais que cette fois, il devait laisser passer :

—On a une initiation, le gars va être gâté...

Bob ne lui en a pratiquement jamais parlé, mais Dave comprend que l'entrée des Mongols à Kahnawake est due à une manœuvre récente impliquant la destruction du chapitre adverse. Quand il était adolescent, les Rock Machines contrôlaient le territoire. Il sent tout de suite que Happy, encore jeune, s'est probablement propulsé au sommet de la chaîne alimentaire par quelque manigance sordide.

Dave s'approche pour prendre place près de son oncle. Devant la chaise, il se fait barrer le chemin par le garde du corps du boss, un homme massif aux cheveux longs et lisses – un métis peut-être. « Bon chien », pense Dave. Ils restent face à face, immobiles un instant. Dave fixe l'homme sans faillir. Il sait qu'il plonge ses yeux dans ceux d'un tueur violent, mais ne s'en fait pas. Pour le moment, il ne voit qu'un gros imbécile qui lui bloque le passage, et ça l'énerve. Il lance :

—*Háo' wà:'s.*

—Qu'est-ce tu dis ? Parle en anglais ou en français si tu veux qu'on te comprenne, mon homme, lui répond le gros.

Dave répète son invective, ouvrant les bras en signe de défi. Happy met fin à la tension en se levant, tout sourire. Bob lui explique que Dave est son neveu. Happy décapsule une bière et la tend à Dave en ordonnant au garde du corps de s'écarter. Il siffle pour qu'on apporte une chaise.

—Qu'est-ce que tu viens de dire à mon *boy* juste là ?

—*Háo' wà:'s.* Ça veut dire : « dégage, rentre chez vous, tu pues ». Mais toi, j'ai entendu du monde t'appeler Happy, ça veut dire quoi, ça ? T'es content ? T'es le grand clown du monde des motards ?

Le boss dévisage Dave sans cligner des yeux, ne répond qu'après de longues secondes :

—Je m'appelle Lajoie. Happy, c'est un vieux surnom.

—Tu me permets une question indiscrète ? C'est toi le boss de cette gang-là ? T'as l'air un peu jeune...

Happy s'esclaffe, amusé par l'audace.

—Dans les catégories ancienneté et expérience, je suis premier au classement. Je suis jeune si tu regardes juste mon âge, mais j'ai commencé y a vingt ans pis j'ai eu mes couleurs à quinze. Mon père a été président de section. Moi, j'ai fondé ma propre gang.

Happy allait vider sa bière d'un trait, mais son cellulaire émet une alerte avant qu'il n'ait atteint le fond. Il regarde l'écran, dépose sa bouteille, se lève, siffle pour attirer l'attention, va vers un groupe d'hommes avec qui il parle une demi-heure de choses visiblement pressantes et, finalement, remercie Bob pour la soirée. Il écrit un numéro à l'intérieur du rabat d'un paquet de cigarettes en invitant Dave à le composer s'il cherche du travail.

—T'aurais le bon mot du président, fait-il avec une tape sur l'épaule avant de déclarer à tous qu'il est temps de retourner à Montréal.

Après que les trente motards sont sortis comme une grosse motte de cuir froissé, Dave contemple le massacre de la maison.

*

Jenny retourne chez elle en sautillant, les larmes aux yeux, deux sacs remplis de cadeaux dans les mains. Elle vibre encore, et ce n'est pas à cause de l'alcool. Le

Noël chez les Standup a été une soirée unique, mémorable : jamais elle ne s'est sentie autant à sa place, et dans sa joie tout prend son sens.

Pendant que la plus jeune fille de Tina tressait ses cheveux, la famille a fait un échange de cadeaux. Sans avoir rien à offrir, Jenny a tout de même reçu une bouteille de brandy Napoléon, des articles de toilette et quelques babioles. L'échange n'avait rien de solennel, sans être expédié ni convenu. Chez les Standup, on discute des problèmes locaux, de politique, d'art, de tout. Jamais elle n'a eu ce genre de conversation dans sa famille. La présence discrète et chaleureuse de Tina, le charme mystérieux de John, la beauté d'enfants bienheureux qui jouaient autour de leur grand-mère... le monde la ravissait. La porte est restée grande ouverte toute la soirée : la famille éloignée, les amis, le voisinage... près d'une centaine de personnes sont passées. La soirée s'est terminée avec des chants traditionnels autour de la mère de Tina, grand-mère Kale, qui semblait ravie d'accueillir Jenny, sa « meilleure élève de kanien'keha ». Plusieurs des Standup ont étudié à l'université. John Standup – un cousin de Tina qui a fait son droit à New York – s'est montré légèrement étonné quand Jenny lui a décrit le calvaire de son frère. Pendant qu'ils mangeaient côte à côte à une table de six mètres de long, il a assuré en souriant qu'il n'y avait rien d'impossible à devenir avocat. À entendre le récit de cet homme qui a quitté son foyer et son pays pendant quatre ans à une époque de grande pauvreté pour terminer son baccalauréat et son Barreau dans une cité étrangère, elle se dit que son frère exagère.

Encore plus passionnant que John, Tina ou Kale, il y avait Francis Standup, dit Frank. Vingt-huit ans, débosseleur et célibataire. Jenny l'a repéré entre le plat principal et le dessert, a senti l'attraction et n'a pas hésité.

Marcher l'aide à se remémorer la soirée ; elle savoure la fierté qui lui monte à la tête quand elle repense à l'assurance dont elle a fait preuve pour l'approcher, lui demander s'il débosselait aussi les cœurs. Il a essuyé sa lèvre supérieure tachée de crème avec son doigt. Il avait les yeux brillants, le sourire facile. Ils ont ri et roucoulé, c'était léger et beau. Ce n'était pas que l'alcool se dit-elle encore, pendant qu'un doux vertige la submerge, la poussant à gambader sous les rayons de la lune.

Dans sa maison vide, elle contemple le carton d'allumettes dans lequel Frank a noté son numéro. Il prévoit d'être en ville jusqu'à janvier, ce qui lui laisse quelques jours pour l'empêcher de partir. Elle demandera à Bob de prospecter dans le milieu des mécaniciens pour lui trouver une place dans un garage local. Frank a raconté avoir travaillé pour un Blanc du temps où il vivait dans le Vermont. Il avait quitté Kahnawake faute de travail, mais Jenny espère le convaincre de revenir à ses racines. Il ne faut pas aller trop rapidement. Elle va lui laisser le temps de s'ennuyer si elle peut, l'appellera dans deux jours ; un appel du destin, un rendez-vous décisif : elle voit déjà l'enfant.

11

Jeff a attendu que sa mère soit seule dans la cuisine pour lui faire part de sa décision d'abandonner l'école. Elle frappe sur le comptoir sans se retourner et répond par-dessus son épaule :

— Jeffrey Horn, t'as même pas fini ton *high school* ! Qu'est-ce que tu vas faire au juste ? Si tu penses que tu peux rester ici à boire et fumer, tu te trompes !

— Oui, je sais : y a juste p'pa qui a le droit de faire ça.

— Jeffrey !

— Ben non, *mom*, capote pas. Je vais faire un stage pour devenir *peacekeeper*. C'est un projet-pilote de coopération avec la SQ qui s'appelle l'Unité mixte d'enquête, expose-t-il sur un ton d'écolier. Ils recrutent des cadets en ce moment, et j'ai été sélectionné ! Je vais être obligé d'aller vivre à Châteauguay pour un bout, par exemple. C'est tout payé par le gouvernement. Regarde, ça c'est la carte du policier qui dirige le programme. Tu peux lui téléphoner si tu veux.

Jeff a de mauvais résultats à l'école depuis deux ans. Il enchaîne les coups foireux avec les garçons plus âgés qu'il fréquente et, comme il ne connaît pas le sens du mot « parascolaire », il n'a certainement jamais participé à une activité des corps policiers à part celle d'être reconduit chez lui par les *peacekeepers* quand il est pris à errer sur le territoire à la nuit tombée. Mais il sait quel air arborer pour convaincre sa mère. Celle-ci le regarde, examine la carte de l'inspecteur Carignan, puis relève la tête et inspire longuement. Jeff calcule ses chances, tape du pied compulsivement. Quand elle se retourne, elle est tout sourire.

– J'en reviens pas, mon fils qui va être *peacekeeper* ! Oh, mon garçon, maman est tellement fière de toi... Viens, je t'amène au resto, dit-elle en éteignant le four. Ton père et ta sœur ont juste à s'arranger.

Jeff demande à sa mère de jurer qu'elle gardera la nouvelle secrète. Elle acquiesce, avalant avidement chacun des mensonges de son fils. Elle n'aurait pas su digérer la vérité.

Le lendemain après-midi, Jeff court jusque chez son cousin Forrest. Les Horn fêtent chez leur grand-père jusqu'au premier janvier. Forrest partage la maison avec ses deux sœurs plus jeunes, enfermées dans leurs chambres avec leurs chums du moment. Jeff évite la famille, prend Forrest à part, lui demande un entretien privé. Il sort le grand jeu d'un coup, dans le salon vide, un whisky entre les mains :

—Tu le sais que je me suis fait ramasser par les Moore l'autre fois... Je veux être *legit* avec eux ; qu'est-ce qu'il faut que je fasse ? Y sont pas de la même gang que toi ? Le *weed* que j'avais, y'était pas à eux ?

Forrest se cale dans le sofa, boit son shooter, le remplit, puis regarde Jeff avant de le vider à nouveau.

—Le *weed*, oui. Toi, non. Tu peux le fumer, mais pas le vendre. C'est simple.

—Bon ben, je veux une plogue d'abord.

—Tu sais, Jeff, moi je suis pas *full* dedans, faudrait que tu parles à mon frère, plutôt. Qu'est-ce que tu veux au juste ?

—Je veux du *cash*, cousin, du gros *cash*. Je veux faire partie des gens qui sont payés pour manger au restaurant. Si tu peux pas me référer, je vais aller chez les Moore moi-même.

Forrest lui sert une moue dubitative. Il se gratte les joues, lisses comme des fesses de bébé.

—Ouain, ça peut se faire si t'as du *guts*. Paraît qu'y cherchent des vigiles en ce moment. En fait, écoute ça, tu te rappelles ce que je te racontais l'autre jour ? Bon, ben tu vois, les Moore ont changé d'allégeance. Y s'appellent les Mongols maintenant ; y'ont le contrôle complet du territoire, et y'ont de la ressource en masse. Le boss est jeune et *full* patché : y doit respecter ceux qui veulent commencer tôt. Moi en tout cas, je lâcherai pas l'école, finalement. Je vais me réorienter. J'ai bien réfléchi : je vais fonder un journal, ça manque ici. On va commencer sur internet, et on verra pour la suite. Mais je te comprends, cousin : c'est sûr que ça aide les finances de faire des voyages à trois cent piastres de l'heure.

—Je veux pas me jeter dans le courant, juste pêcher sur la berge pour un bout, en profiter un peu, moi aussi. Je veux voir du pays, tu comprends ? New York ou je sais pas, faire le tour de la boule avant de perdre la mienne.

—Ben fonce, mon Jeff, tente le coup si c'est ça que tu veux. Parle de ça avec Floyd. Y en a qui disent que Big Bob a quelque chose à voir avec l'arrivée des nouveaux *bikers*. Tu serais doublement backé si c'est vrai.

—Big Bob ? Ah ouain ? *Fuck*, y'est impliqué dans le conseil de bande et les Warriors, lui, faut pas que ça fasse tomber de la chiasse sur Jenny, sinon y vont avoir affaire à moi.

—Oui oui, Jeff, c'est ça, comme avec Châteauguay... Commence par te mêler de tes affaires, et va passer ton permis de conduire au plus sacrant si tu veux jouer les *bad ass*.

*

Dave se lève tard en après-midi. Il lui faut encore une heure pour retrouver la pleine conscience. Bientôt, l'université reprendra, selon un nouvel horaire. Il vient à peine d'effectuer son choix de cours, et les premiers ne servent jamais qu'à l'autopromotion du professeur, alors il a du temps.

Il a tellement détesté se trouver dans ces cours qu'il vibre de dégoût à la simple idée d'y retourner. Un avocat dispose d'armes plus efficaces que le feu, assurément, mais il désespère de pouvoir les manier un jour. Cette réflexion le tourmente depuis des semaines. Tout ça n'en vaut pas la peine. Il a pourtant réussi à aimer l'école, par le passé. Changer de branche ? Il se sent plus à l'aise avec celles de ses nunchakus. Face à son reflet, il flanche, regarde le sol – un puissant sentiment d'échec le submerge, lourd et instantané, contractant ses poumons.

Une sensation d'alourdissement paralyse tout son corps. L'homme de loi, il ne le voit plus en lui, et ce n'est pas le coup de poing envoyé au miroir qui en est la cause.

Il nourrit ses chiens, puis les observe qui regardent par la fenêtre la neige tomber, les yeux tristes, lui semble-t-il. Il les fait sortir, mais ils ne le suivent pas quand il monte dans son camion pour se rendre à sa boîte postale et faire le plein d'essence. Le foutu manteau blanc a recouvert la réserve. Les rues sont vides et mal déblayées.

Au retour, il croise un promeneur solitaire. Jeff. Mal vêtu, les mains dans les poches, le menton enfoncé dans son collet, il semble errer, dans la lune comme d'habitude. Il ne l'a pas vu depuis des semaines. Il freine à son côté, baisse sa fenêtre, siffle pour attirer son attention.

—*Kwe*, Jeffrey Horn ! *What's up ?* Embarque, fait froid dehors !

—Hé, Dave. Quoi de neuf? répond Jeff en montant dans le camion.

—Pas grand-chose. Je reviens de ramasser mon courrier, p'tit train-train. Toi ?

—J'ai décidé de lâcher l'école. J'ai pu le goût de ça, j'ai juste envie de sacrer mon camp. Mais ça prend du *cash* pour ça. Faque c'est ça, Dave, je vais aller gagner du *cash*.

Dave hausse les sourcils.

—Tu vas faire quoi ?

—J'ai dit à ma mère que j'allais devenir *peacekeeper*, comme si c'était si simple...

—Tu vas vendre du pot au gramme au skatepark ?

Jeff sourit plutôt que de s'offenser.

—Me suis fait tabasser par les Moore parce que je vendais du pot au skatepark. Mais sais-tu ce que j'ai fait après ? Je suis débarqué chez le père Moore, carrément.

—*Man !* Épique ! Qu'est-ce tu lui as dit ?

—Que je voulais une job. Que son gars m'avait tabassé avec trois de ses chums, comme un lâche. Je l'ai regardé direct dans les yeux, et je lui ai dit que je voulais vingt piastres de l'heure.

—Ah ouain ? Qu'est-ce qu'y t'a répondu ?

—Qu'ils avaient besoin d'un vigile, que j'étais engagé et que je devais pas m'en faire pour Sam.

—Bien joué, Jeff ! fait Dave, presque admiratif. Ça se peut qu'on se voie là-bas, t'sais. Je fais des petites jobs pour eux, moi aussi.

—Frères jusqu'à la mort, Crazy Dee ! Tope là.

Après un moment de silence, Jeff prend des nouvelles de Jenny. Dave n'en a pas vraiment, dit simplement que tout va bien pour tout le monde. Il le dépose devant le terrain de sa famille, puis roule vers War Eagle Road.

Chez lui, les chiens l'attendent sur le perron. Dave serre les dents, ouvre la porte d'un geste brutal et s'installe à l'ordinateur, ses bottes toujours aux pieds. Il frappe les touches à grands coups d'index, paye ses frais de scolarité, règle son compte de carte de crédit, son hypothèque et ses taxes municipales avec un peu d'avance, fait un virement à sa sœur, bref, s'arrange pour n'avoir plus rien, sachant qu'en redevenant pauvre, il redeviendra audacieux. Le manque rend vivant. Il s'écrase enfin dans le fauteuil de son père; la tête lui tourne comme si la rotation de la Terre avait lieu dans son esprit. Il repense au remaniement autour du trafic. Les gestes, les regards, la force de Happy sont imprimés dans sa mémoire. Bob a grossi cette année, preuve qu'il reprend du service avec la bouteille comme avec les motards.

Des phrases stupides et marquantes de son père lui viennent en tête: « Notre crime est d'être indiens, quel est le leur ? » disait-il en le transperçant de son regard de sage. « C'est nous contre eux, mon fils, d'homme à homme, de nation à nation. »

Dave gardait une réplique secrète, la sortait à part lui le soir autour du feu, de l'autre côté des flammes, alors qu'on ne pouvait l'entendre.

—Va chier, papa.

Il repense à cette dernière saison, qu'il a détestée. Une session de cours interminables sur des notions laborieuses, l'ambiance froide, les conversations insipides, le tout dans une atmosphère de compétition stérile. Le regard vague, il fixe le vieux portrait de son père accroché au mur. Une intense sensation de fatigue l'envahit. La semaine a été longue, et la cocaïne est apparue dans sa vie comme si elle y avait toujours été.

—Bob m'a jamais rien demandé. Il me laisse décider de ce que je vais faire de ma peau. Si je refuse de rejoindre sa gang, il m'en voudrait pas, raconte-t-il à Chinook, venu vérifier l'état de son maître.

Le chien lèche, aboie, agite la queue, heureux car son ventre est plein. Assis dans le noir, calé dans son fauteuil à contempler son katana accroché au mur, Dave téléphone à Bob.

*

La solitude pèse, surtout quand elle tire son origine de la perte. Sa maison paraît à Jenny trop grande et sans âme. Elle avait un chat, mais il a disparu il y a plus d'un an. Dave est passé tout à l'heure lui apporter une enveloppe d'argent et ils ont fumé du cannabis ensemble. Elle n'avait pratiquement rien mangé. Elle sait que son anxiété et son incapacité à fixer son esprit sur une activité proviennent un peu de cela, mais elle est incapable de lutter. Sa vie semble devenue une cacophonie d'émotions contradictoires, et elle en ressent un grand effroi. L'effroi, c'est de savoir que ceux qui doivent rester disparaissent, comme son frère qui la déserte sous le moindre prétexte. Elle aurait besoin de compagnie, d'intimité ; il n'y a que ça qui puisse la faire sentir vivante.

Sur un coup de tête, elle court vers sa chambre et ouvre le petit écrin de sa mère, contemple un moment le numéro de Frank dans le carton d'allumettes, hésite. Sa boîte vocale à elle contient deux messages archivés de Frank : timides mais dans lesquels elle sent l'espérance. Elle n'écoute plus les messages d'origine inconnue, de peur de retomber sur le patron du fast-food. Elle sourit, va dans la salle de bain se faire belle, et appelle le numéro. Frank répond immédiatement :

– Ça fait longtemps que je t'attends, Jenny.

– Désolée, j'avais pas vu tes messages...

– Non, je veux dire, depuis longtemps. Depuis tout le temps. On va au resto ? Je passe te prendre ?

Elle demeure silencieuse quelques secondes, estomaquée. Frank n'est pas le premier homme entreprenant qu'elle rencontre, et Jenny sait dire non d'habitude. Lui semble dépourvu de vulgarité, ce qui est presque suspect. Mais elle craint de l'ébranler si elle n'accepte pas. Un malaise sèmerait le doute. Il insiste :

– Tu te souviens du moment de silence qu'on a eu à Noël ? J'avais juste envie de t'embrasser... Tu l'as senti ?

—Oui, je l'ai senti. J'ai vraiment aimé ma soirée, ta famille... c'était magique. Je pensais pas que ça se pouvait, une famille de doux.

—C'est une bonne chose, ça? Parce que je peux être *rough*, si tu veux.

—Oh non, y a eu assez de brutes dans ma vie, merci.

—Doux comme un agneau, dans ce cas-là.

Jenny se pince la lèvre. Elle en a trop dit.

—OK, c'est oui. Tu passes me prendre à six?

Le bruit d'un os frappé sur du bois la tire d'un rêve agité dans lequel elle courait sous l'eau, essayant de rattraper une ombre au bout de sa vision. Elle a mal au cou. On frappe encore; quelqu'un à la porte qui insiste. Un coup d'œil au cadran lui apprend qu'il n'est que 16 heures.

Jenny se lève en se massant la nuque. Les rideaux sont tirés. Elle avance à quatre pattes jusqu'à la porte, pour ne pas être repérée. Mais le visiteur teste la poignée.

—*Ónkha Kí:?* C'est qui?

La porte s'ouvre et la tête de Jeff, les yeux ronds, l'air d'un voleur qu'on aurait surpris sur le fait, apparaît dans l'embrasure. L'étonnement de la voir en petit bonhomme dans le hall d'entrée cède à l'amusement.

Jenny rougit. Elle lance à Jeff un regard dur qu'il ne remarque pas.

– Hé, Jenny ! T'as perdu quelque chose ?

Il entre, les yeux fixant un plancher où rien ne traîne. Elle ne l'avait pas vu depuis un moment ; il a changé. L'air insouciant qui faisait son charme d'adolescent s'est transformé en un faciès boudeur et fermé. Ses cheveux sont beaucoup plus longs, mais ça lui va bien. Il referme la porte derrière lui et va s'asseoir sur le sofa.

Jeff a toujours été légèrement envahissant, mais sa démarche sérieuse et digne intrigue Jenny plus qu'elle ne l'irrite. Elle met un disque et va se chercher une pomme dans le panier sur la table. Jeff la fixe avec insistance, communiquant un étrange désir. Elle se plante devant lui, attendant qu'il lui dévoile les raisons de sa visite. Comme il n'ose pas parler le premier, elle brise le silence en lui demandant ce qu'il fait ces jours-ci. Jeff répond qu'il suit un stage, mais rectifie immédiatement devant l'air dubitatif de Jenny : en fait, il est en mission.

– Ç'a l'air fou dit comme ça, je le sais, mais j'ai infiltré le bunker des motards. Je vais le détruire de l'intérieur, j'ai tout sacrifié pour ça. Je vais tout faire péter ou mourir d'avoir essayé.

—Et c'est mon frère qu'ils surnomment Crazy...

—Ouain, ben y'ont raison. Ça faisait un bout de temps que je l'avais pas vu, jusqu'à ce que je m'installe au bunker. Dave aussi va lâcher l'école, t'sais, et en ce moment il gravit les échelons de l'enfer à une vitesse folle.

—Je m'en doutais, même s'il m'en parle pas. Je fais de mon mieux pour l'aider. Mais ça te regarde pas, ça, Jeff. Il dit qu'il ressent le besoin de se rapprocher de Bob. Je peux comprendre.

—Mais ça vous éloigne, non ? Et puis, c'est pas toi qui disais que le trafic était la cause de tous nos problèmes ? T'as laissé Floyd pour ça, non ?

—*Satahónhsatat* – écoute-moi bien : c'est pas de tes affaires. Et tu devrais pas jouer les superhéros, ça va mal finir.

—Pas que j'étais venu chercher des encouragements, mais en tout cas... Je te préviens : je peux pas faire confiance à ton frère dans cette histoire-là, je vais devoir agir seul, et je vais agir. Je comprends que tu veuilles pas m'aider, mais je te demanderais de parler à personne de ma mission.

—Si je le faisais, ça te tuerait, Jeffrey Horn. À votre âge, jouer aux bandits et à la police... Vous avez pas d'allure. Je sais pas ce que t'es venu chercher ici, mais je pense que tu devrais y aller. J'attends quelqu'un...

Jeff encaisse le coup.

—Oui, mais je voulais te dire..., commence-t-il, hésitant.

Jenny devine instantanément la suite et l'interrompt avant qu'il ait le temps d'avouer.

—Toi et moi, c'est pas possible. T'es plus comme un petit frère pour moi. Je suis désolée.

—J'ai compris, fait-il d'une voix éteinte.

—*Ó:nen ki' wáhi* – prends soin de toi, Jeff.

Le garçon part sans demander son reste, la tête enfoncée entre les épaules.

*

—*Niá:wen* – merci la vie, dit Jenny en ouvrant les yeux.

Le lit de Frank est si confortable, si doux qu'elle y reste un moment, perdue entre le souvenir de son rêve et l'éveil qui s'impose. Ballottée dans cet état, elle a l'impression de flotter à la surface d'un lac. Elle referme les yeux, sait qu'elle devra bientôt choisir. Même sans rien ni personne pour approuver, il n'y a pas un million de possibilités. C'est l'Esprit ou l'Enfant. Le ciel ou la terre. L'arbre ou le fruit. BigEagle est convaincu qu'elle a une foi et des pouvoirs suffisants pour communier avec la Femme du Ciel, mais elle sait que la chose lui sera désormais impossible. Attendre quelques semaines et s'acheter un test de grossesse pour confirmer son sentiment serait inutile. Après une semaine de fréquentation assidue, elle sait déjà ce qu'il faut savoir, il ne reste plus qu'à convaincre Frank de venir habiter chez elle, comme cela doit être.

Hier s'efface et demain prend forme. Jenny sort du lit en ce jour froid de janvier, ouvre les portes pour laisser sortir l'année qui s'est terminée et laisser entrer la lumière de celle qui commence. Elle entend le bruit des outils de Frank, qui déjà travaille dans son garage, prend le téléphone et appelle son frère.

Une première tentative, mais la ligne est occupée. Elle attend quelques minutes, traversée par une vague d'anxiété, frémit puis recompose. Trois coups et il répond :

—Allô ?

—C'est moi.

—Salut, Jenny. *Kwe kwe*. Comment tu vas ?

—Je pense que je suis enceinte, Dave. Frank et moi, je sais que ça peut marcher. La cabane va enfin être à moi !

—Wow, Jenny ! Tout va tellement vite... Bob va être ben heureux d'apprendre ça, mais c'est Jeff qui va être tout à l'envers, y vient de lâcher l'école en plus...

—Laisse faire Jeff. Et toi ? Tes cours, ça recommence bientôt ? T'as eu ta bourse ? Merci pour l'argent, mais c'était vraiment pas nécessaire.

—Du *cash*, c'est ben tout ce que je peux t'offrir, Jen. Lâche pas, ma sœur, notre père serait sûrement ben fier de toi si y'était autre chose qu'un maudit chien sale.

—Calme-toi, c'est laid ce que tu dis. J'ai parlé avec BigEagle il y a quelques jours, il aimerait ça te rencontrer. T'as jamais fait la cérémonie de la pipe.

—Le monde va exploser ben des fois avant que je fasse une pipe à qui que ce soit. *Fuck* BigEagle, Jenny. *Fuck him.*

—Fais-toi au moins pousser les cheveux. Les cheveux taillés, c'est pour la guerre. C'est pour te rendre invisible aux yeux du Grand Esprit, pour qu'il voie pas les horreurs que tu commets. Pour te raccorder avec lui, il faut que ça pousse. Dave ?

—Tss, ben oui c'est ça, Jen. Invisible et en guerre… c'est moi tout craché, ça.

Elle soupire, tente de l'apaiser une dernière fois, pleure un peu quand il raccroche. Le sentiment que quelque chose de sombre rôde la prend comme un mal de ventre.

Frank revient du garage tandis qu'elle fait une prière silencieuse. Il prépare le déjeuner, apporte à

Jenny un verre de jus d'oranges qu'il a pressées lui-même. Il remarque les pleurs, mais ne l'interroge pas. Un tel tact lui fait bondir le cœur. Il dit simplement :

—Tu souris, mais tes yeux sont encore plus tristes que tantôt.

Elle le rejoint à table, l'embrasse sur la joue en chuchotant pour la première fois «*Konnorónhkhwa*» et trouve le courage de lui annoncer son pressentiment. Frank s'étouffe et crache son jus d'orange dans ses céréales.

—Je vois pas pourquoi ça t'étonne tant que ça, Frankie, on l'a fait toute la semaine.

Frank éclate d'un grand rire, met du temps à redescendre en lui.

—Tu sais ce que ça implique? tente Jenny, qui peine à atténuer son enthousiasme et craint de le brusquer.

—Je sais, et je suis prêt.

DEUXIÈME PARTIE

Kanesatake

Ne tient pas qui veut sa rage secrète
Sans diplomatie.

RENÉ CHAR, *Masque de fer*

Être hors la loi
Voilà la question
Et l'unique voie de la quête

GHÉRASIM LUCA, *La proie s'ombre*

12

Le bunker des Mongols, situé dans un coin obscur du domaine de la famille Moore, est équipé de protections de calibre militaire. À la limite de Léry sur Old Châteauguay Road, le complexe trône au centre d'un terrain boisé assez vaste pour isoler la bâtisse malgré sa taille. Comme il se trouve en territoire mohawk, personne ne le surveille.

À la limite du terrain, Dave croise un panneau de bois cloué sur un pieu dans le sol sur lequel on peut lire : *Is there a life after death? Trespass here and find out!*, ce qui le fait toujours sourire.

La clôture électrique contrôlée de l'intérieur, sûrement par Bob, s'ouvre. Dave passe, salue les caméras, roule encore une minute, se gare devant le bâtiment principal, de type hangar militaire, peut-être une ancienne fabrique à tabac reconvertie. C'est Floyd qui l'accueille à l'intérieur. La pièce centrale qu'il traverse fait une cinquantaine de mètres de longueur et la structure apparente du toit est soutenue par des piliers de béton d'une dizaine de mètres de hauteur. Le mobilier, constitué de vingt lits de camp et de quelques tables en plastique blanc, n'est visiblement jamais lavé ni changé.

Au bout de la grande pièce, Dave est présenté à son nouveau patron, Renaldi Mambrino, et son bras droit, Poutine, un Québécois de Sherbrooke aux cheveux rasés, tatoué partout sur les bras et la nuque. Mambrino, un Italien de Montréal, est le directeur des opérations. Le second est un ami de Johnny.

Dave retrouve un peu plus tard le jeune Jeffrey ; il le remarque assis sur un lit de camp. Un sac militaire est cadenassé à une patte de lit, vision qui lui donne l'impression qu'il n'est qu'en transit. Dave le salue d'un clin d'œil, heureux d'être convoyeur et non vigile. Autrement, il quitterait les lieux sur-le-champ.

Il s'assoit face à Jeff, qui joue à l'ordinateur, tout entier absorbé par l'image. Il a le front jaune et un œil au beurre noir. Dave le secoue par l'épaule. Jeff lève les yeux, impassible, et retire son casque d'écoute.

—Qui t'a fait ça, Jeff?

—Je fume assez de *weed* pour pas avoir à me rappeler tout ce que je subis.

—Jeff. Qui?

—Ben, y a Sam, Johnny, Poutine. Johnny surtout. Mais c'était pour l'initiation.

—As-tu reçu des soins ? Ça peut s'infecter.

—Ça va être correct.

Sentant un regard peser dans son dos, Dave se retourne. Du bout de la salle, Johnny fume, l'air amusé.

—Les nouveaux, ça se tient pas avec les vigiles, Dave. Laisse Jeffrey tranquille, dit-il en s'approchant.

Dave sait que sa promotion rapide va le protéger des traitements que Jeff et les autres jeunes recrues subissent

—*É:ren í:set !– back off, Johnny be good.* Sinon, je vais t'initier, moi.

Johnny se braque.

—T'as pas fini de faire chier le peuple avec tes *fucking* expressions que personne comprend ? Tu penses vraiment être meilleur que tout le monde, hein Dave ? Ben je vais te dire une bonne chose : ici, t'es rien, rien qu'un p'tit caniche.

—*All right, táhsa – bring it on !*

Arrivé à sa hauteur, Johnny le pousse. Dave le fixe d'un regard inexpressif. À la seconde poussée, Dave lui saisit la main, retourne le poignet dans le sens contraire à la mécanique du corps, et tente d'amener Johnny au sol. Tendu au maximum, Johnny résiste à la clé. Il bondit et envoie un crochet de la gauche qui touche Dave à la mâchoire et résonne dans sa tête. Il reçoit encore un direct qui lui fend la lèvre inférieure. Jeff se lève d'un bond, affolé. Dave voit rouge. Il saisit la nuque de son opposant à deux mains pendant qu'il reçoit une pluie de coups de poing mal enlignés, force Johnny à se pencher en exerçant une pression sur sa nuque, lui assène des coups de genou comme un forcené. Il atteint les côtes, puis finalement l'entrejambe. Johnny mugit, se courbe, incapable de respirer. Dave lui saisit le bras et le retourne sur lui-même jusqu'à ce qu'il se retrouve face contre terre de façon à lui écraser la colonne vertébrale des genoux. Soudain, la porte du fond s'ouvre. Poutine et Mambrino arrivent en courant. Jeff leur crie qu'il s'agit d'une bagarre dans les règles, qu'ils n'ont pas à intervenir. Les deux hommes s'immobilisent, attentifs. Après dix secondes, Poutine demande à Dave de lâcher sa prise. Dave le fixe d'un regard noir mais ne lâche pas pour autant, car la violence l'apaise. Mambrino et Poutine l'attrapent, mais il leur faut un bon moment avant de l'arracher à son ennemi.

*

Au bout de quelques jours, Dave commence à comprendre comment s'organise l'affaire.

En tant que conseiller, Bob s'occupe de la gestion des frais de transport et des sous-traitants pour le conseil de bande. Billy, pistonné pour obtenir une couverture en tant que camionneur, achemine pour sa part les caisses de cigarettes, cachées entre les caisses de pièces d'acier, vendues sur le marché légal américain. La responsabilité de Bob est double : mentir au conseil quant au matériel, et s'assurer de la bonne marche de ce convoi sous haute surveillance pour le profit des Mongols.

Il a fait ça comme un chef : puisque le camion a une défaillance au niveau du moteur (un hasard bien fabriqué), il a obtenu l'autorisation de le réparer à son garage, où Floyd, Dave, Poutine et Billy l'attendent avec les caisses. Ils écoutent le gangsta rap de Floyd et boivent la bière de Dave. Parmi toutes les techniques de contrebande, c'est la plus fiable et la plus rentable. Bob devra s'assurer que personne ne voie les caisses compromettantes quand le camion sera chargé des bonnes caisses, et devra changer de stratégie pour la prochaine fois, mais il ne semble pas s'en soucier : le prochain convoyeur a déjà accepté de doubler son salaire pour transporter dix caisses supplémentaires. Il s'est fait avoir, raconte-t-il, mais il faut être sympathisant pour obtenir davantage. Dave espère que son oncle recevra une promotion pour cette combine si bien menée, ne peut s'empêcher d'être fier.

*

Pour la troisième fois en quatre jours, Dave reçoit Floyd chez lui en soirée. Parfois, ils sortent, mais la plupart du temps, Floyd est trop agité, et Dave ne veut pas se retrouver au milieu d'une bagarre inutile. Floyd n'aime ni les feux ni le grand air. C'est un homme d'intérieur. Sur le divan, ils boivent, fument, flânent. Le hockey télévisé et les jeux vidéo ont occupé les deux premiers soirs. Floyd revient dans l'espoir de surprendre Jenny chez son frère. Dave l'a laissé entrer la première fois, malgré sa surprise. Il entre maintenant sans frapper, prend ses aises.

Dave avait plutôt l'habitude de traîner avec Forrest, qui a son âge. De sept ans leur aîné, Floyd n'a pas daigné leur accorder son attention avant tout récemment. Mais Dave ne voit plus Forrest depuis une semaine: une querelle inattendue. Ils se connaissent depuis plus de dix ans et il n'y avait jamais eu le moindre accroc entre eux. Un professeur a dit une fois à Forrest qu'il était curieux et qu'il avait le regard juste, qu'il ferait donc un bon journaliste. C'est bien le meilleur compliment qu'on lui ait jamais fait, pense Dave pendant que Floyd interrompt le jeu pour répondre à un appel. Depuis quelques semaines, Forrest semble vouloir matérialiser les prédictions du prof. Il fait des démarches sérieuses pour réaliser ses projets, a déjà un blogue auquel il donne un ton éditorial. Dave repense à leur engueulade : Forrest l'accusait de corrompre Jeff. Il insultait Bob, le motard ; prétendait que son père, Nick, était supérieur parce qu'indépendant dans sa contrebande. Frustré et surpris, Dave a coupé court avec des insultes affûtées.

Floyd raccroche et, entre deux gorgées de bière, reprend avec Dave comme s'ils avaient une conversation télépathique.

—Fait que c'est ça, pour le party vendredi, j'aurais ben invité mon frère, mais je sais pas ce qui s'est passé, depuis Noël y'est *fucking* bête.

—Ton frère, c'est pas un vrai. Y fait son nonchalant avec son gun, mais dans le fond c'est juste une façade. Y pense peut-être qu'y va se pogner plus de filles avec un blogue ?

Floyd se raidit. Il frappe l'accoudoir.

—Fait chier. Je veux dire, *fuck*, des poules, on en plume en masse au club. Si c'est ça le problème, y va pas dans le bon sens. Je comprends pas, y'est cave ou quoi ?

Dave offre de rouler un joint, mais son ex-beau-frère cherche plutôt sa cocaïne.

—Non, y'est pissou. Quelque chose qui lui a fait peur. Happy, peut-être ? *Whatever.* Passe-moi une bière, pèse sur le piton, on repart ça.

—Pis toi, qu'est-ce que tu vas faire ? T'es pas allé à tes cours aujourd'hui ? C'est pas pour t'écœurer que je dis ça : tu fais de la bonne job au bunker, on manque de gars comme toi.

—Ça me rapproche de Bob d'être là. Ton chum Billy est cool aussi. En même temps, je sais pas, je pensais aller à mon cours demain, me reprendre en main. Au moins finir le bac...

—Happy m'a parlé de quelque chose, hier. Tu sais qu'il a des bons contacts dans la SQ. Ils ont des indices pour le char que t'as fait péter et le gars que t'as tabassé. Une affaire que j'ai sue, c'est qu'on est ben plus *tough* à pogner quand on est en gang. Pis des avocats, on en a. Happy dit qu'il y a un million de trucs pour retarder les procédures, faire disparaître des preuves... Y'est équipé, le gars, je te dis. Pense à ça ben fort, Dave, parce que si t'es seul quand ça va chier, ça sera pas beau.

—Inquiète-toi pas. Bon, tu pèses sur le piton ou quoi ?

—*Bruins for the win, bro !*

13

Ce sont les souvenirs qui nuisent le plus aux visions. Jenny n'en a plus qu'un, le revit sans cesse, éveillée comme endormie. Il a beau se réactualiser chaque fois, la souffrance qu'il provoque en elle s'est figée. Elle ferme les yeux et la scène lui revient. Elle y pense tous les jours.

Elle en avait pourtant rêvé ce matin-là... Elle s'était éveillée en toussant et s'étouffant, la gorge irritée. Sa mère n'était pas levée, n'avait pas préparé le déjeuner. Encore. Depuis deux ans, elle s'éloignait de l'existence, et les mois passant n'avaient fait qu'accentuer sa dépression. Jenny se souvient de sa colère : elle avait essayé de réveiller sa mère en frappant à la porte de sa chambre, sans oser entrer, lui avait fait comprendre qu'elle irait à l'école le ventre vide. L'absence de réponse l'avait fâchée encore plus ; elle avait quitté la maison en furie.

Son frère était parti en voyage de pêche avec les Horn, devait être rentré à temps pour l'école, mais ne s'était pas présenté, pas plus que Floyd et Forrest. Jenny avait cru que leur voyage s'étirait.

À son retour de l'école, Nick Horn et Robert Lahache attendaient devant la maison. Le premier fumait nerveusement, le second tenait une cannette de bière qu'il ne semblait pas oser ouvrir. Ils avaient l'air affligé, les lèvres pincées, évitaient le regard de la jeune fille, que la panique gagnait alors qu'elle s'approchait de l'entrée.

Bob avait marmonné : « L'ambulance est en route. » Jenny était entrée chez elle avec une sensation d'étouffement qui ne l'a pas complètement quittée depuis. Son frère se trouvait déjà au chevet de leur mère, décédée durant la nuit. Dans son sommeil – piètre consolation. Leur dernière grand-mère s'était fait enterrer quelques années plus tôt, bien après la mort du dernier grand-père, qu'elle n'avait jamais connu. Leur père s'était volatilisé dans la brume quatre ans auparavant ; le sentiment de solitude s'était fait violent, irrépressible, accentué encore quand elle avait croisé le regard de Dave ; il se tenait debout, raide, catatonique, au pied du lit. Elle se souvient de s'être dit en le regardant que le passionné qui perd tout n'a plus pour lui que la passion de détruire. Elle s'était promis de rester forte.

Elle n'avait pas pleuré, mais sa gorge s'était asséchée, et son corps s'était figé d'un coup. Elle n'a rien connu d'aussi fort depuis. Elle n'aurait eu qu'à ouvrir la porte de la chambre avant de partir pour l'école. Ç'aurait été à elle de lui fermer les yeux.

Elle avait serré et caressé la main de sa mère, puis tiré la couverture sur son visage crispé et malheureux, fait ses adieux. Elle était sortie attendre l'ambulance, qui était arrivée longtemps après. Elle ne veut plus penser aux années d'égarement qui ont suivi l'enterrement : le retour momentané de son père et l'espoir brisé de le voir rester, Floyd, la drogue, l'abandon de la poésie, du dessin, du chant, de l'école... Du passé. La mort rôde.

*

Dave passe au bunker quand il est appelé pour l'empaquetage, sinon il reste chez lui à attendre les contrats de livraison. Il travaille deux ou trois fois par mois, se rend aux États-Unis en passant par Akwesasne ou en Ontario par Kanesatake. Il traverse aussi différentes villes du Québec, des coups à risque zéro. Il reçoit entre deux et trois mille dollars par voyage.

Récemment, dans un bar, il a rencontré Diane Higgins. Elle est entrée dans sa vie en le saisissant par le pantalon.

—Shotgun sur le basané, a-t-elle fait simplement avant de le traîner sur la piste de danse par la ceinture pour un slow langoureux.

Depuis, ils se fréquentent, comme si ça allait de soi. Il a d'abord continué d'aller à l'école de temps en temps, mais a vite perdu le fil et ne fait plus l'effort de se présenter désormais.

Un jour, il a été appelé au bunker pour un séjour de quarante-huit heures. Sa vie à partir de là s'est simplifiée, son monde s'est rétréci. Happy, qui passe à la fin de chaque mois pour collecter lui-même leurs impressionnantes recettes, a insisté auprès de son lieutenant sur place, Renaldi Mambrino, pour que Dave reçoive une promotion rapide et significative. Ses vœux seront bientôt exaucés.

Après deux mois de cette nouvelle vie, Mambrino passe chercher Dave chez lui un jour pour l'amener au quartier général de la bande à Montréal, situé près du port. L'Italien fait halte devant une grille de métal qui protège l'entrée d'un immense terrain sur lequel est plantée une bâtisse ancienne, solide comme les forteresses d'autrefois. Il appuie sur un émetteur dans sa voiture, et la grille s'ouvre. Il roule tranquillement jusqu'à l'entrée, se gare devant une immense porte de bois et de cuivre à deux battants.

Les portes d'entrée s'ouvrent en même temps que celle du garage, et un homme en émerge. Il porte ses cheveux longs en queue de cheval, un complet sans doute fait sur mesure, des lunettes fumées luxueuses. Dave reconnaît le Clam, le métis qui l'a abordé durant le souper de Noël. Mambrino fait un signe des doigts ; Dave descend pour le laisser aller garer le camion. Le gros motard s'approche, s'arrête à deux mètres, puis croise les bras.

Un court moment de malaise passe – le Clam se plaît visiblement à pouvoir enfin lui bloquer le passage sans que Dave puisse le relever d'une phrase assassine. Mais James se présente à la porte et, d'un sifflement, indique au Clam de rester poli. Celui-ci s'écarte et invite Dave à passer.

Dave entre dans un fort immense et froid. Le hall donne sur un large corridor flanqué de nombreuses portes. L'une d'elles, près du garage, s'ouvre sur deux hommes sapés comme les gardes du président, ainsi que Happy, celui-ci habillé en motard. Il ne fait pas les présentations, invite seulement Dave à traverser le couloir vers la porte du fond. Dans ce qui a dû être à l'époque une salle de réunion de fonctionnaires, et à une époque plus reculée encore, une immense salle à dîner, un spacieux salon est maintenant aménagé. Les nombreux divans et ordinateurs, la télévision géante accrochée au-dessus du vieux foyer, le bar et la table de billard n'arrivent pas à remplir la surface de la pièce.

Dans un coin, trois Blancs jouent au poker en pariant de grosses sommes. L'éclairage au néon est intense, voire agressant. Un gigantesque système de son entouré d'un grand nombre de bouteilles de bière vides fait jouer une vieille ballade rock qui renvoie dix ans en arrière. Le bureau de Happy se trouve derrière une porte sur la droite.

— Viens-t'en, on va jaser carrière.

Après avoir refermé la porte et pris place derrière son bureau, Happy déballe : d'ordinaire, un jeune aspirant demeure sympathisant pendant un an ou deux avant de devenir membre honoraire. Il faut trois ans de loyaux services avant de recevoir ses couleurs. Deux ou trois ans supplémentaires sont nécessaires pour gagner un véritable statut au sein de la bande. Happy regarde Dave droit dans les yeux, prend une boîte d'un tiroir, en sort un revolver en argent chromé et un badge des Mongols à coudre sur son manteau.

Dave a déjà entendu de la bouche de son père que les Autochtones – et encore plus les Mohawks –, de génération en génération, portent en eux une impérissable pulsion guerrière. Une partie de son esprit lui murmure que ce sentiment est puéril et potentiellement fatal, mais une autre se sent appelée, élue.

—Je sais que j'ai un futur bon *striker* sous les yeux, affirme Happy.

Son sourire fraternel, son regard bleu, cette force brute sans nuance qui confine au calme impressionnent Dave, qui se sent à la fois testé et privilégié. Il a les mains gelées à cause du système de chauffage qui peine à desservir le vaste lieu, l'arme qu'il prend par la crosse l'est davantage, mais une curieuse chaleur le traverse. Il se lève et serre la main tendue de Happy, fier et souriant. Puis, il glisse l'arme dans sa ceinture et sort. C'est son nouvel ami, le Clam, qui le raccompagnera.

*

Chez lui pour la première fois depuis un mois, Jeff a enfin un moment de solitude. Il prend son téléphone, envoie un code par texto, attend. Après une minute, son téléphone sonne.

—Salut, Jeff. J'étais pas sûr qu'on aurait de tes nouvelles. J'avoue que je commençais à m'inquiéter, là. Mais je vois que t'es prudent en plus d'être un gars de parole. Es-tu là-bas ?

—Non, je suis chez moi en ce moment. D'ailleurs, merci d'avoir parlé à mes parents. Ils me font confiance maintenant. J'ai une webcam miniature intégrée à mon laptop, je peux prendre des photos avec pis t'emailer tout ça en quelques secondes.

– C'est très bien, Jeffrey, vraiment bien. J'avoue que tu m'impressionnes. As-tu un descriptif des lieux, une idée de ce qui se passe ?

– Ben voyons, Carignan, je sais tout. *All you need to know.*

Carignan se tait, attend qu'il fasse son rapport au plus vite.

– Y sont toujours au moins trois dans la place. Soit c'est Mambrino, qui dirige, soit c'est son bras droit, que tout le monde appelle Poutine. Le lundi, c'est la réception et le tri, le mardi, c'est l'empaquetage, le mercredi, le *shipping*, le jeudi, c'est la paye...

– OK, c'est bon. Décris-moi l'intérieur maintenant.

– Ah ! la sécurité est juste trop malade. Y a des détecteurs de mouvement, des portes avec barrures à aimant, des caméras dedans et dehors, des clôtures électriques de dix pieds de haut, un système d'alarme relié à quinze moniteurs, une cave qui ressemble à une base dans un film d'espionnage. C'est là qu'y gardent les chars, les camions, le bulldozer, le bateau avec son trailer... y a même un véhicule blindé M35.

– Intéressant. T'es sûr de ça ?

– Mets-en que je suis sûr ! Il est neuf en plus, pas de la vieille ferraille déglinguée comme dans l'armée.

—D'accord. Sinon, est-ce qu'ils gardent de la drogue et des armes sur place ?

—C'est clair. Y a toute une armurerie et toute une pharmacie. Des AK, des carabines, des shotguns, des vestes pare-balles, y a aussi un M30 avec des grenades, comme dans *Rambo*. La dope est conservée dans dix-neuf coffres-forts. Ils ont de tout : deux tonnes de pot, du crack, de la coke, de l'ecstasy en masse, des amphètes en petits sacs, des méta-amphètes en gros sacs, des milliers de *pills* de MDMA. Ah oui, y a de la codéine aussi, comme dans la toune de Buffy Sainte-Marie, ma mère écoute ça tout le temps, t'sais là : « *and it's real, one more time* ». Non ? En tout cas, c'est une vraie orgie de dope là-dedans, laisse-moi te le dire. Mais le plus drôle, c'est qu'y a personne qui en prend vraiment dans la place, à part du pot, de la coke pis de la bière le soir. Ouain, bon. Ce que je veux dire, c'est que c'est pas vraiment le gros party.

—Tu fais de la bonne job. Si tu m'envoies des photos de tout ça, on pourrait frapper là-bas en même temps que partout ailleurs. Vingt-deux descentes simultanées, ti-gars. La plus grosse se ferait grâce à toi. Et d'ailleurs : ton chèque a été déposé.

—Merci, chef. Je vais t'emailer ça par le *link* que tu m'as envoyé.

Jeff raccroche. Trois mois déjà qu'il est installé au bunker ; il n'est autorisé à sortir qu'un dimanche par mois. Bientôt, il les coffrera tous. Les bandits sont stupides : personne ne s'est inquiété du fait qu'il trimballe son ordinateur portable, sur lequel il joue à ses jeux. Il a reçu des mises en garde très claires sur ce qu'il peut dire ou faire avec sa machine, comme pour tout le reste, mais personne n'a cru nécessaire de spécifier que communiquer avec la SQ ou leur envoyer des clichés de l'intérieur représenterait une offense. Qui pourrait lui prêter de telles intentions ? La seule véritable assurance des bandits vient du fait qu'ils sont capables de susciter la peur. Jeff est mû par une témérité folle, imprévisible, il a donc une chance d'échapper à leur emprise. Tant qu'il se montre soumis.

Il retourne au bunker ce lundi pour faire un autre mois complet, y croise Dave ; ils échangent au passage des banalités pareilles à celles d'avant-hier. Il a ramené un pain de viande de sa mère, doit le chauffer au micro-ondes – pas de four au bunker : c'est bien le seul appareil qu'ils ne possèdent pas. Il ouvre le frigo : que de la bière.

Jeff a pensé informer Dave avant la frappe policière, mais y renonce en voyant combien il se plaît à jouer les truands. Récemment, Dave a rencontré Ronnie Higgins, la caïd de Kanesatake, et on peut maintenant le voir aux côtés de la fille Higgins, Diane. Jeff repense à toutes leurs conversations, conclut que Dave est un menteur, qu'il s'enfonce; il ne mérite aucune pitié.

Leur dernière sortie commune, c'était à l'occasion du mariage de Jenny et de Frank. Jeff, évidemment, en ressent une profonde amertume. Dave a remis une enveloppe remplie de billets verts aux nouveaux mariés. Jenny n'a même pas bronché, tellement elle est naïve. Dégoûté, Jeff est presque intervenu pour dévoiler l'origine de l'argent à Jenny, mais il s'est retenu. Elle ne peut pas être si naïve, de toute façon.

Poutine débarque dans la cuisine et annonce à Jeff que ce soir, et une fois par mois à l'avenir, il va devoir jouer au concierge.

En passant le balai, Jeff rêve – ou imagine – qu'il sort du bunker. Pendant qu'il lui tourne le dos, paletot noir battant au vent, tout explose derrière lui, et tout est bien.

15

Durant la session d'hiver, les banquettes des bars de Montréal ont remplacé les bancs d'école pour Dave. Il y apprend tout ce qu'on peut savoir sur le monde interlope, tend une oreille discrète chaque fois qu'il y a transaction. Même s'il ne va plus à l'université, il continue de prétendre le contraire, surtout auprès de sa sœur ou des représentants du conseil de bande, qui surveillent leur investissement.

Dave apprécie encore plus le bunker depuis que Johnny n'est plus dans ses pattes : après avoir perdu la bagarre de l'autre fois, il a dû séjourner à l'hôpital. On ne l'a pas vu depuis deux mois. Quand il se pointe enfin libéré du plâtre qu'il avait au bras et s'assoit à la grande table du fond, où toute la faction admise de la bande est réunie, Happy le salue en le surnommant « Johnny flagosse ». Le Clam rit grassement. Floyd en rajoute :

—Son bras pendouille comme sa p'tite quéquette.

Quand Johnny répond que leurs blagues ne sont pas drôles, Happy lui cloue le bec en quelques mots :

—Farme ta yeule, pis va nous chercher des bières.

Johnny obéit. Le Clam le siffle dans son dos:

—Hey, Johnny flagosse, une dernière affaire: demain, tu déménages, je t'ai trouvé une place à Kanesatake, avec Ronnie la mégère. Tu vas servir d'agent de liaison pis la surveiller pour nous.

Mambrino reçoit des appels toutes les cinq minutes. Floyd et Dave le surnomment la secrétaire. Près de la moitié des gangs de rue – il y en a plus de quatre-vingt-dix sur le territoire montréalais, et de toutes les couleurs – reçoit son stock des Mongols. Dave s'affaire à tous les connaître.

Un soir d'avril où la pluie tombe sur la vieille terre sale, Dave débarque au bunker pour une réunion d'urgence avant d'aller au bar. Il passe la clôture électrique, salue les caméras, se fait ouvrir par Floyd. Tout au fond, devant les portes des bureaux et du sous-sol, Mambrino fait les cent pas en reniflant. Il traverse la grande salle, s'approche de Dave, s'arrête à quelques centimètres de son visage. Sa pupille vrille et son haleine est infecte.

—Bob a perdu son poste de conseiller au transport dans le conseil de bande, mon chum, déballe-t-il tout de go, énervé, en saisissant Dave par l'épaule. Y'a pas pu faire sa présentation l'autre jour: trop soûl.

Le problème, c'est qu'y devait faire embarquer du stock dans des vans qui vont aux États. Tu connais le manège. C'était une grosse affaire, t'sais, ça aurait fait des Moore des alliés des Higgins de Kanesatake, et tout ça grâce à nous, déplore-t-il.

Mambrino sent le parfum, ses bagues en or s'enfoncent dans le vêtement de Dave.

—Je le prends comme une offense personnelle, moi. Ça m'a pris du temps pour convaincre les Higgins de participer. Mais là, l'opération devient risquée parce que, sans tampon administratif, on risque d'être fouillés aux douanes. On va être obligés d'y aller comme avant, par petits coups, en bateau. Mettons que Bob a connu des jours meilleurs...

À ce moment précis, Dave entend son nom hurlé depuis le bureau. Il contourne Mambrino brusquement. Bob et Happy l'attendent dans une pièce sans décoration ni tapisserie. Ils viennent visiblement de clore une discussion sérieuse. Happy est debout, plus raide et froid que d'habitude. Bob, assis devant lui, est gras, mou, et probablement encore soûl.

Dave salue le boss, cherche le regard de son oncle. Happy pointe la chaise vide.

—On y est, Dave, ton rite de passage, annonce-t-il d'un ton cassant. Ce qui se passe est grave, on est pas mal en crisse après ton oncle. Y va garder ses couleurs, mais y'aura pu jamais de responsabilités dans ma gang. Câlisse d'épave.

Dave s'interpose, en fermant la porte avec douceur.

—Qu'est-ce qui se passe, boss ?

Happy tire sèchement sur sa cigarette, demande à Dave de rouvrir la porte.

—Le gars qui prend les fonctions de Bob dans le conseil s'appelle Martin Philips. C'est un élu. On lui a offert du *cash* pour qu'y fonctionne à la Bob quand ça va être utile, mais y'a refusé. Va falloir le raisonner. Billy va te montrer comment on fait ça. Y va venir te chercher chez toi quand ce sera le moment, faque tu restes proche pis disponible en tout temps.

—Martin Philips ? Mais c'est le mari de Tina Standup – la fille de Kale chez qui je prenais des cours... C'est compliqué, ça.

—Achète-toé une cagoule. Calvaire : un autre Bob à qui y faut toute dire ! Ramène-le donc chez eux d'ailleurs.

Dave se lève d'un bond, pressé de sortir. Bob le suit d'un pas lourd, le dos courbé. Ils roulent en silence dans une nuit sans lune.

Les chiens sortent dès que Dave ouvre la porte de chez lui. Il prépare du café pour son oncle qui est allé s'écrouler sur le sofa, dépose une tasse fumante devant lui, puis retourne jouer avec les bêtes. Anxieux, il revient après quelques minutes, talonné par Chinook. Bob est en train de boire le café. Il est évident que sa lombalgie est réapparue, à voir comment il roule des yeux chaque fois qu'il fait un geste. Il faut cinq minutes à Dave pour rencontrer son regard, deux gouffres béants.

—Qu'est-ce qui se passe, Bob ? T'as tellement changé depuis un an...

Bob sile du nez en inspirant.

—Écoute, je suis désolé, mais je peux pas en parler...

—Le boss dit que tu perds le fil, ça me semble assez évident, mais y a quelque chose qu'il sait que moi je sais pas.

Bob se lève et va prendre une bière dans le réfrigérateur. Il revient en toussant violemment. Ce faisant, il écrase la patte du husky, qui couine et s'enfuit.

—Faudrait que je déménage, mais je peux pas... Happy me garde à l'œil. Je pourrais me faire buter n'importe quand par nos ennemis.

—*Shit*, Bob ! C'est quoi l'affaire ? T'as l'air malade... Est-ce que ça va?

—Non Dave, je suis alcoolique, largue Bob après un silence. Pis si tu veux vraiment savoir c'est quoi l'affaire, tu risques de le regretter. L'opération d'y a deux ans, tu t'en souviens ?

—*Well*... vaguement. Je sais que ça a mis la gang ennemie hors jeu et qu'il y a eu un ou deux morts aussi.

—Quatre morts, Dave. J'ai travaillé pour ces gars-là avant, comme mécano. C'est moi qui les ai donnés à Happy. La police a frappé bien après les Mongols. Y'ont ramassé les restes et fait le ménage, ça a permis à Happy de s'installer pépère. C'était tout prévu. On va chercher leurs morceaux pour encore un bon bout de temps, quoiqu'on les cherche pas vraiment...

Bob tousse une fois de plus. Dave a l'impression que la vie va lui sortir par la bouche.

—*Naho:ten sa:ton* ? – qu'est-ce que t'as dit ? C'est grâce à toi si les Mongols sont rois ici, maintenant ? Mais dans ce cas-là, comment ça se fait que c'est Mambrino le bras droit de Happy, et pas toi ? Bob ! t'es un salarié comme moi, ça a pas d'allure.

—Je sais, mais c'est de ma faute. Tuer, c'est pas comme on pense. On dit ben des affaires... Moi, j'ai pas pu, j'ai chié dans mes culottes le jour où je devais assurer. Y a un gars de notre bord qui s'est fait descendre à cause de ça. Je me compte chanceux que Happy me bute pas à coups de manche à balai.

—Qu'y'essaye juste de te toucher un cheveu, voir...

Bob ouvre les yeux, réveillé, frappé de stupeur.

—Dave... tu devrais pas savoir ces choses-là. Comment ça se fait que t'es pu à l'école, d'ailleurs ? Ah oui, James. C'était son idée en passant. Je suis désolé, j'aurais dû t'en parler moi-même, je savais comment ça finirait, mais j'avais pas le courage. Maintenant écoute-moi bien: Happy, c'est un tueur en série organisé. Ce gars-là tue comme toi tu te masturbes: juste pour se soulager. T'es pas ce genre d'homme là, Dave. Y t'aime ben, profites-en, mais par pitié, fais pas le con.

—Combien est-ce qu'y te paye?

—Tout ce que j'ai appartient à Jenny et à toi. T'en fais pas avec ça. Je vais me coucher maintenant. Évidemment, va falloir que tu fermes ta gueule là-dessus pour le reste de ta vie, David. Et je t'en prie, arrange-toi pour qu'elle soit longue.

Bob traverse péniblement la pièce en se traînant les pieds, puis disparaît dans une chambre. Dave prend la bière laissée sur la table et son arme, s'assoit dans son fauteuil. Il regarde le pistolet, qui émet des reflets argentés sous la lampe, pose le canon sur sa tempe.

—Boum, fait-il avant de caler la bière et de s'endormir, l'arme sur sa cuisse.

Le surlendemain, vêtu de noir de la tête aux pieds, Dave se retrouve dans le Hummer jaune de Billy, qui porte encore le même vieux chandail de Led Zeppelin qui sent le pot. Billy allume la radio, absorbe un peu de poudre sur le pouce, puis dit :

— Je pensais à ça, Dee : c'est quand même incroyable qu'on ait jamais réentendu parler de notre raid sur le gérant du fast-food de Châteauguay. On a de la chance, on fait un bon duo.

— C'était vite fait, bien fait, mais j'avoue que j'avais jamais été aussi loin.

— On devrait pas avoir besoin de faire sauter son char cette fois-ci. Philips se rend à Oka tous les jeudis pour acheter du lait des Dagenais, on va le pogner sur la route. Après ça, dans une couple de jours, on va aller rôder autour de chez lui pour lui couper le téléphone et l'électricité, lui faire une petite peur. Quelques jours plus tard, on ira vandaliser son char. On fait comme ça jusqu'à ce qu'il comprenne qu'il est cuit.

— C'est bon, c'est toi qui vois.

Billy et lui mettent peu de temps à trouver la voiture de leur cible, garée devant la laiterie des Dagenais. Billy accélère pour percuter la petite Cavalier avec son gros camion au pare-chocs démesuré. À l'impact, la voiture avance d'un bon mètre et va frapper un lampadaire du stationnement. Dave descend, couteau à la main, crève les deux pneus arrière tout neufs de la voiture. Il retourne au camion rapidement, mais sans gêne. Billy démarre, les roues patinent, les deux hommes dégagent de la scène dans le silence professionnel de ceux qui savent que la violence leur est devenue comme la respiration : naturelle et nécessaire.

16

Dave s'éveille dans une odeur inconnue. Pas de tabac, pas de vieux fond de tonne. Ses yeux mi-clos se posent sur une jeune femme nue, endormie à ses côtés. La nouvelle femme de ménage qui a remplacé Jenny. Il a insisté pour qu'elle reste, elle a cuisiné et ils ont bu toute la soirée. La belle s'éveille en ouvrant des yeux souriants et s'étire langoureusement.

—Ah, c'était bien, Dave. Ma grande sœur est une amie de la tienne. Ça faisait longtemps que je voulais que ça se passe, toi et moi.

Dave enfile ses pantalons, fouille dans ses poches. Il en sort deux billets de cent fripés.

—Y faut pas que tu parles de ce qui est arrivé à qui que ce soit. Désolé, mais j'ai une blonde, et elle est pas du genre conciliante. On était soûls, résume-t-il, glacial. Tiens, ça c'est pour la job, et ça c'est pour l'extra.

Il se retourne vers la garde-robe. La fille se lève, s'habille en vitesse, et sans un mot, passe près de Dave ; il lui attrape le poignet après avoir enfilé un t-shirt noir.

—À jeudi, donc ?

—Je suis pas une pute, Dave Lahache.

—Bon ben redonne-moi un billet, d'abord.

—OK. À jeudi.

Elle dépose un baiser rapide sur sa joue et sort. Il la suit pour ouvrir la porte à ses chiens surexcités de le voir debout de si bonne heure. Ils détalent, truffe au sol, sous le regard indifférent d'un corbeau, perché au-dessus d'eux dans le grand pin.

Dave allume la radio à un poste rétro ; on y passe *Paint It Black*. Il se sent totalement en accord avec les paroles de Jagger. Il repense à cette semaine fraîchement terminée, engloutie avec les autres dans un abrutissant continuum.

Lui et Billy ont récemment donné le coup de grâce à Philips. Ils sont allés sur son terrain à 3 heures du matin. Après avoir coupé le téléphone pour la troisième fois, ils ont aiguisé des couteaux devant sa fenêtre de chambre. Le salaud s'était acheté un cellulaire, a pu appeler les *peacekeepers*. Il ne l'a jamais reconnu, même s'ils sont entrés chez lui pour faire des graffitis et qu'il l'a vu dans la maison. Philips a crié : « *What do you want* ? » avant de les charger en brandissant un chandelier. Dave a dégainé son sabre japonais, lui a fait face sans sourciller. Son aplomb et son arme ont terrorisé l'homme, qui s'est enfermé dans la salle de bain pendant qu'ils filaient comme des fantômes. Dave a adoré courir dans la forêt pour échapper à ses poursuivants. Ce fut suffisant: Philips a déménagé à Oka, abandonnant ses fonctions dans le conseil de bande.

Son téléphone vibre. L'appel vient de Diane Higgins.

—Pourquoi t'as éteint ton cellulaire hier soir?

—Je buvais avec des chums. On se voit bientôt?

—Ouain, ben je descends samedi. Je passe chez vous?

—Parfait. Une fois par semaine, c'est pas assez...

—On se voit quand on peut. Faut que j'y aille, bye!

Dave sort sur son terrain pour faire du karaté. Ses chiens tournent autour de lui, morts d'ennui. N'ayant pas grand-chose de mieux à faire, il s'entraîne beaucoup. Son corps se muscle, sa technique au kumité s'améliore de jour en jour, son esprit devient austère et concentré. Son œil est vif; sa rage, immense.

Il en est à son troisième kata quand une voiture fait irruption sur son terrain. Les jappements l'avertissent du danger. Dave fonce chez lui saisir son .44, toujours chargé. Happy a arrangé les problèmes avec les Evil Ones, mais il ne faut pas prendre cela pour argent comptant. Deux hommes sortent de la voiture. Dave reconnaît Willy BigEagle, qu'il a vu récemment au mariage de sa sœur. Ce dernier a tenté de converser un moment, mais Dave ne voulait rien entendre, s'est soûlé rapidement, sans faire un fou de lui, mais suffisamment pour qu'on le laisse en paix. Il ne connaît pas l'autre homme, qui semble se prendre encore plus au sérieux. Dave cache le pistolet dans son dos, passe une main sur son crâne, les attend de pied ferme.

Les deux hommes, dans la cinquantaine avancée, portent tous deux les cheveux détachés. Ceux de Willy sont noirs comme l'ébène. Son comparse a de longs cheveux blancs et une moustache assortie. Son habit blanc et sa démarche assurée sont autant d'angles d'approche pour Dave, qui attaque sans attendre :

— *Kwe* Willy, qu'est-ce tu veux ? T'as amené Obi-Wan Kenobi avec toi ?

Les deux hommes restent cois. Ils continuent d'avancer jusqu'à se trouver face à Dave, qui les surplombe depuis son perron. Ils s'arrêtent à un mètre des marches. Willy parle :

— Bonjour, David. *Skennen'kó:wa ken ?* Je te présente Matthew Windwalker, un Crow de l'Alberta. Matthew est biologiste, il aide Frère Loup à revenir au monde.

Windwalker salue sans prendre ombrage du sourire moqueur de Dave.

— Windwalker ? *Shit*, j'étais pas loin. T'as vraiment l'air d'un chevalier jedi en tout cas. C'est quoi l'affaire ? Le look chaman marche pu, alors tu te modernises ?

BigEagle semble irrité.

—Écoute bien, David, si c'était juste de moi, tu pourrais t'étouffer dans ton venin, mais ta sœur insiste pour qu'on essaie de t'aider. Tu lui brises le cœur à chaque jour qui passe. Ça devient difficile pour elle de se maintenir sur le sentier de la beauté.

—Je vois pas de quoi tu parles, Will. Jenny peut ben prendre n'importe quel maudit sentier qu'elle veut, ç'a pas de rapport avec moi.

—C'est là que tu te trompes, David. Tout est relié en ce monde, encore plus un frère et une sœur orphelins qui…

—*Cut the crap*, Willy ! T'es ben mieux d'avoir un foutu bon tour de magie dans ton sac si tu veux que je t'écoute. Sinon, retourne à ton calumet, les esprits t'attendent. *Bug off!*

Dave siffle. Les deux chiens rentrent, penauds. Il claque la porte et met le loquet.

À travers l'œil magique, il remarque que les deux hommes n'ont pas fait un pas. Ils attendent en discutant tranquillement. Dave crie depuis l'intérieur, exige qu'ils quittent son terrain : rien à faire, ils sont têtus. Il menace de lâcher les chiens, mais fait rire de lui. Il voit Windwalker aller chercher du bois brûlé dans le four extérieur. Willy prend une branche noircie, puis revient sur la gravelle, où il trace un grand cercle de cendres qui incorpore le cercle de pierres où Dave fait des feux, et met quelques bûches au milieu. Windwalker repart de l'autre côté, revient avec les deux chaises de patio de Dave, et les deux hommes s'assoient. Ils n'ont visiblement rien de mieux à faire.

Irrité, Dave téléphone à sa sœur, qui ne répond pas. Il faudra argumenter; il sent encore en lui suffisamment d'humanité pour ne pas les chasser avec son arme. Il ouvre la porte et va vers les deux hommes, qui se lèvent à son approche. Willy lève la main droite, la tend paume ouverte comme pour attirer un animal sauvage.

— Bien, approche, aie pas peur. Entre dans le cercle, tu seras vraiment au centre du monde pour une fois. T'es un gars sensible, David, c'est pour ça que je suis ici. Je sais que t'es réceptif à ce qui se passe autour de toi. À mon avis, t'as emprunté la route sombre il y a un moment déjà. En cela, t'es exactement comme le monde. En harmonie, d'une certaine façon.

— Bon ben dans ce cas, si tout va bien, que je suis en harmonie, y a pas de problème...

— Oui, sauf que t'es en harmonie avec l'aspect agonisant de la nature, t'es pas un résistant, t'es un agent de la fin. Ce que tu portes en toi, la nature le contient aussi. Ce que tu sèmes, la terre le prend et le fait pousser, peu importe ce que c'est: on a tous en nous ce pouvoir de création. Fais-nous pas croire que t'as encore de l'amour pour ce monde, David, il y a toute la désolation de l'univers dans ton cœur – et c'est très bien, mais maintenant, il faut que tu connaisses ton ennemi, que tu empruntes le sentier de la beauté et que tu crées des choses durables. Nous, on sait depuis toujours que l'homme origine du néant, mais ça veut pas dire qu'il faut le porter en soi et le répandre dans le monde.

—Et l'ennemi, c'est censé être qui au juste?

—L'ennemi, c'est les motards qui viennent corrompre notre jeunesse et enterrer des tonnes de déchets sur notre territoire. L'ennemi, c'est l'ignorance et l'avidité, David.

Matthew Windwalker approuve en hochant la tête d'un air grave.

—OK, mais qu'est-ce qui se passe si moi, j'en ai rien à foutre de la Terre-Mère? rien à foutre de l'ignorance?

Dave garde les bras croisés et regarde Windwalker comme s'il était de trop dans ce monde. Ce dernier semble saisir le message. Il se lève, va chercher des bûches qui traînent près du foyer de pierres et les lance dans le cercle en ramassant autour quelques brindilles. Bazooka, que Matthew vient d'approcher pour le caresser, se met à japper. Il tend la main, mais le chien reste hostile. Willy répond d'un ton inaltéré:

—Le monde est pas resté dans le néant, David. Après l'eau, les poissons et les oiseaux, les esprits des hommes ont pris forme, et le Créateur nous a accueillis chez lui. Dans la maison d'un autre, tu enlèves tes souliers. Un homme doit montrer du respect pour ce qui lui est prêté. Notre monde, cette vie, tout ça, c'est pas à toi. La maison longue du peuple mohawk est petite, David. Si quelqu'un défèque dedans, ça sent pour tout le monde. T'as pourtant fait preuve de respect en apprenant notre langue, pourquoi tu t'entêtes à nous faire croire que t'es pas un homme ?

—Comme si le monde reposait sur mes épaules, Willy ! Attention, Matthew, les mastiffs, ça t'arrache la main d'un coup, un chien c'est pas comme un loup, haha.

Il rit sèchement et revient à Willy :

—Vous êtes combien à dire que le monde a pas d'allure ? Y sont des millions à trouver la situation ben correcte. Et puis, faudrait pas se croire meilleurs que les autres non plus. Les déchets dont tu parles, par exemple, ben c'est quelqu'un de chez nous qui a vendu le spot d'enfouissement où ils sont rendus. Moi, je suis dans l'économie de marché : pas pire, pas mieux qu'un autre. Je suis ben content que Jenny prenne le sentier de la beauté, qu'elle soit heureuse et tout ça, mais moi, le bonheur, je le vends sous forme de joints ou de petites pilules.

—Tu vas vite réaliser que tu peux pas manger ton *cash* quand t'auras étendu le désert partout. Prends Matthew: il aurait pu choisir une profession payante avec tous ses diplômes, mais il a préféré aider Frère Loup. Il fait ça parce qu'il sait que la dignité de toute vie passe par la conscience. On sait tous ça d'instinct. Les trafiquants sont pas bien dans leur corps parce qu'ils savent qu'ils sont nuisibles, et il y a personne qui veut vraiment ça chez nous. Tu veux juste attirer l'attention, à mon avis. Mais fais attention, David, parce que quand tu t'engages sur la route sombre, tu laisses tes repères derrière, tu deviens ce que t'haïs, et tu sombres tout seul.

—Tu penses que je veux attirer l'attention? Regarde mes cheveux! Invisible et en guerre, c'est ça que je suis. C'est tout. Et puis, avant d'être *natives*, on est humains. Penser de même, ça élargit les perspectives... et le marché.

Dave demande alors à Matthew s'il avait l'intention de faire un feu. Sans attendre la réponse, il va vers son camion et en revient avec un bidon d'essence. Il asperge les bûches puis lance une allumette, ne bronche même pas quand le feu s'élève en une flamme unique. Il s'assoit sur une bûche laissée en dehors du cercle. Les chiens s'assoient de chaque côté de leur maître. Matthew recule la tête, Willy reste de marbre, décidé à ne pas se laisser déconcentrer.

—Tu connais pas ton ennemi parce que tu te connais pas toi-même. Laisse-moi te dire une bonne chose, Dave Lahache : j'ai connu ton père, c'était un homme exemplaire. Michael pouvait courir sur le faîte des ponts, poser des boulons la tête à l'envers, travailler pendant des heures en suspension dans le vide. C'était un homme de courage, un vrai brave. Tu lui ressembles, d'ailleurs. Je sais que son absence te fait souffrir. Ton père a disparu parce qu'il avait pas le choix. Il a fait des niaiseries, comme toi. Je suis convaincu qu'il pense toujours à toi et à Jenny, et qu'il va revenir un jour. En attendant, c'est ton devoir de lui faire honneur. Matthew est ici pour officier à la cérémonie yuwipi. Y a rien de mieux pour faire sortir le méchant. Ça te ferait du bien, David.

Matthew fixe Dave dans les yeux, mais semble regarder au-delà, au travers. Le feu chauffe les visages.

—Le chemin que mon père a pris, c'est pas le mien. Je sais même pas ce qu'il fait, *anyway*. Et non merci pour le youpipi, pas intéressé. Vous pensez vraiment que le monde était beau avant les méchants Blancs ? Que les poissons sautaient dans le canot, et que le meurtre existait pas, c'est ça ? Mohawk, ça veut dire « mangeur d'hommes ». Lâchez l'acide, les gars. Maintenant, si vous voulez bien m'excuser...

Dave leur tourne le dos et rentre chez lui d'un pas lent. Le feu d'essence diminue rapidement. Willy en rajoute encore, se met à chanter, en kanien'keha, tout en fixant les flammes déclinantes :

Hánio' ...níha' tewaten:ron
Kahnawà:ke Ientsítewe
Ietshiia'tken'sé:ra ...níha
Ne Iethinorónhkhwa[1]

Puis, sans un mot de plus, Matthew Windwalker et Willy BigEagle retournent à leur voiture.

Dave excite ses chiens avec une conserve de viande, puis une deuxième ; il se fait cuire un steak, qu'il mange saignant et sans accompagnement. Puis il éteint les lampes pour que les ténèbres du dehors imprègnent celles du dedans. Dans le noir, il comprend qu'il ne sait plus ce qu'il veut. Tout ce qu'il sait, c'est que les Mongols ne sont pas un club social où on entre et on sort à sa guise, et il n'est pas sûr qu'il aura la force de faire le nécessaire quand viendra l'heure de choisir.

---

1. Allons, mon père, retournons aux rapides ; nous les reverrons, mon père, ceux que nous aimons.

17

Alors qu'elle offre un jus de framboise au soleil levant, Jenny a une intuition: elle accouchera d'un garçon. Il portera le prénom de son grand-père: Michael. De retour à l'intérieur, elle prépare le déjeuner en écoutant un des premiers bulletins d'information diffusés par la chaîne de radio web Kahnawake News, ou *Iorì:wase*. L'animateur, nul autre que son ex-beau-frère, Forrest Horn, décrit la nouvelle réglementation concernant le passage des frontières. Un formulaire sera disponible en juillet pour enregistrer ses déplacements, sur une base volontaire, bien entendu. Comme certains médias accusent maintenant les Mohawks de financer et d'armer les terroristes, Forrest insiste pour que ce formulaire soit utilisé – pour l'honneur de la nation, fait-il valoir.

Jenny ne comprend pas comment, en quelques mois, Forrest a pu fonder une entreprise. Grâce aux subventions, sans doute – Jenny sait qu'il a refusé l'argent sale de son frère Floyd. Et il ne compte pas s'arrêter au web, il parle déjà d'une version imprimée de ses reportages.

Galvanisée par le beau temps et le succès de Forrest, elle fait la liste des articles pour bébé qu'elle ira acheter à Châteaugay avec Kim tout à l'heure, pendant que Frank travaille au garage.

*

Dave tente encore de déplacer Bob. Étendu sur le dos comme ça, il risque l'étouffement. En deux semaines, il a englouti plus de trois cents bouteilles, qui s'empilent maintenant dans les quatre pièces mal chauffées de sa maison. Le garage serait fermé si Frank ne l'avait pas repris temporairement. Bob ne bouge plus de son lit. Il se contente de râler quand on essaie de l'asseoir ou de lui donner de l'eau.

En début de soirée, Dave doit impérativement se rendre à Montréal pour assurer une présence au bar de danseuses de la gang. Happy l'exige, pour une raison difficile à saisir. Diane, qui a tenu à l'accompagner, l'attend dans le manoir de sa mère vêtue d'un long manteau de cuir noir, de bottes à talons et de lunettes fumées. Elle porte une épée sur l'épaule.

—Regarde, j'ai l'épée des Mongols, dit-elle en s'assoyant dans le camion et en sélectionnant une chanson de Metallica à la radio. Est belle, hein, avec son pommeau en forme de loup? Le père de Genghis Khan était un loup bleu, savais-tu ça?

—C'est pour moi, l'épée? Tu m'embrasses pas?

—Non et non. T'es plate. *Come on, let's go,* on est loin de Montréal. Faut pas que tu sois en retard, coco. Pèse pas trop sur la pédale non plus! Ah, j'te dis, toi, faut toute te dire. T'as de la coke, j'espère? Tu trouves pas qu'Happy me fait de l'œil? débite-t-elle d'un souffle.

En se calant dans son siège, elle vise le nez de Dave de la pointe de l'épée. Il attrape la lame, lui lance la coke, ce qui libère les mains de Diane du pommeau et celles de Dave du volant. L'épée est jetée sur le siège arrière et la poudre disparaît dans le nez de Diane. Lui tente d'arrêter de consommer, mais il doit en avoir quand elle en désire, sous peine de s'exposer à une crise terrible. Elle se replace les cheveux, se remet du rouge à lèvres, et donne du volume à Metallica.

Il commence à en avoir assez d'elle: l'envie lui prend de l'éjecter du camion en marche d'une bonne poussée. Une pensée pour son avenir le retient.

Au bar, Diane n'aime pas la façon dont il regarde travailler une danseuse. Elle le lui fait savoir bruyamment, mais il s'en moque. Il invite la danseuse dans l'isoloir – plusieurs gars de la bande lui ont dit qu'elle en valait le coup. Il lui balance cent dollars pour une danse qui ne l'excite pas vraiment, va uriner puis attend d'être revenu au bar avant de remonter sa fermeture éclair. Mais Diane embrasse goulûment une des poules du boss pendant qu'un gros bonhomme lui caresse les fesses. De toute façon, tout le monde s'en fout.

Dave passe le reste de la nuit à écouter Happy et ses sbires raconter leurs conneries habituelles. Il joue au tranquille dangereux, bras croisés, regard à l'affût, corps tendu au maximum, prêt pour n'importe quoi, à tout moment. Finalement, rien ne se passe. Il ne comprend pas pourquoi sa présence était requise, et Diane non plus, qui exige d'être ramenée chez elle. Elle dort durant le trajet.

Lorsqu'il retourne voir Bob, à l'aube, Dave est reçu par ses chiens, complètement traumatisés par cette longue soirée qu'ils ont passée enfermés dans le salon sans nourriture. En passant devant la porte de la chambre de Bob, Dave trébuche, glisse dans un liquide abondant et visqueux et se retrouve par terre. Ses mains, souliers et pantalons sont tout rouges. Quelque chose bloque la porte. Dave crie, frappe à grands coups de poing, implore son oncle, mais le silence épais n'est percé que par les aboiements des chiens. Il s'effondre dans le liquide poisseux, le dos contre la porte. Il hurle, maudit le sort, puis enfin pleure pendant de longues minutes, chose dont il ne se croyait plus capable. Il se redresse, va chercher un pied-de-biche et force la porte.

Bob a utilisé son fusil de chasse. Devant les yeux de Dave, un vacuum sombre et distordu ; le mur part en spirale, le plancher fond. Derrière ses yeux, un néant plat, vide, figé, d'une conscience repliée, dissoute. Il retient sa respiration jusqu'à la douleur. La manœuvre le détend un peu, et il revient à lui.

Il faut cinq minutes avant que Dave ne parvienne à composer un numéro sur son téléphone.

*

À 8 heures, en écoutant chanter les tourterelles, Jenny allume la radio pour écouter l'émission de Forrest. C'est par lui qu'elle apprend que son oncle est mort, probablement d'une balle dans la tête la veille au soir. Suicidé. Il n'a laissé aucune lettre, aucune justification. Elle a froid, très froid, et ni la couverture, ni Frank n'y peuvent rien.

*

Après une traque haletante, poursuivi par une créature humanoïde faite de boue, Dave saute dans le vide du haut d'un précipice pour plonger puis être transporté dans une rivière de sang au-dessus de laquelle volent des pélicans monstrueux qui montent et descendent pour happer le liquide de leurs becs en forme de louche; il s'abîme enfin dans un néant flasque et mouvant. Puis le décor se désagrège, et il n'entend plus que les mots «Police, ouvrez», encore et encore. La voix se tait, remplacée par le bruit du plancher qui craque. Un *peacekeeper* fait irruption dans sa chambre. Dave se frotte les yeux et sort de son lit en caleçons.

—Tu rentres chez le monde de même, toi?

—Désolé, monsieur Lahache, mais je pensais que... je veux dire... je craignais pour votre sécurité. Le conseil vous remboursera. Je viens prendre votre déposition.

—Je m'habille, sors de ma chambre.

Ils échangent quelques banalités avant que Dave raconte enfin comment il a découvert son oncle qui gisait dans son sang. Il lui faudra le raconter une autre fois à sa sœur, puis à Forrest, pour son reportage. Quand ce sera fait, il n'en parlera plus jamais.

*

Face à face, chacun d'un côté de la tombe de Bob au cimetière Kateri de Kahnawake, frère et sœur se regardent. Ils ont passé plusieurs mois sans se voir – c'est la première fois qu'ils vivaient une si longue séparation. Dave retient sa colère à grand-peine, prenant de longues inspirations – il aurait aimé que son oncle soit enterré comme un guerrier, ses bottes aux pieds. Après tout, sa mort est peut-être un meurtre mis en scène. Ce n'est pas la conclusion du coroner, mais qui sait ? Jenny regarde le trou, coite, perdue dans sa tristesse. Cette fosse qui la sépare de celui qu'elle croyait connaître mieux qu'elle-même lui semble être un gouffre.

Derrière Dave, une trentaine de motards portant les couleurs des Mongols : Happy, le Clam, Floyd, Billy, James, Mambrino, Poutine... Ils sont bruyants, de bonne humeur. Ils ont apporté de la bière, ont hâte de la boire. Autour de Jenny, qui a reçu son *naming* et se fait maintenant appeler Kahentiiosta, sont rassemblés les Standup, solennels, les Lahache, confus et interrogateurs, quelques cousins lointains, des connaissances et amis, la clientèle du Bob mécano, autant de curieux du troisième âge qui déposent des fleurs sur la tombe.

Après la cérémonie, officiée par un prêtre blanc, David s'approche de sa sœur.

—*Sister.*

—*Tánon' ónkha ní:se'?* – qui es-tu? Après tellement de pertes, tout me semble irréel. J'ai mal au cœur depuis trois jours.

—T'es fâchée?

—Non, Dave. J'ai plus de colère. Je sais que c'est encore plus dur pour toi. Surtout que là, tu comprends comment on sort de ton club.

—Bob nous l'avait pas dit, mais y'avait fait une embolie récemment. Pis son foie était *kaputt* aussi. Il s'est évité des mois de souffrance à l'hôpital, y'est resté maître de son destin.

Ces révélations ne semblent pas apaiser Jenny. Dave poursuit:

—Papa viendra pas, à ce que je vois. Y s'en fout.

—Peut-être qu'il est juste pas au courant. Arrête de prêter des intentions aux gens, tu vois du mal partout. J'ai perdu notre lien, je te vois plus comme je pouvais le faire avant. Willy m'a dit que t'avais refusé la cérémonie de la pipe? C'est la dernière chose que je pouvais faire pour toi. Je choisis la vie, Dave, pour mon fils.

Dave n'a pas l'énergie de s'opposer à elle. Il fouille simplement ses poches, lui donne de l'argent, qu'elle accepte.

—J'imagine que c'est ma part de l'héritage? Tiens, en échange.

Elle sort de son sac l'écrin de leur mère, qu'elle lui tend.

—Les bijoux de maman ?

—Non, c'est des boucles d'oreilles que je t'ai faites. Un petit *dreamcatcher* pour filtrer tes cauchemars, et une plume d'aiglon pour repousser l'influence de Tawiskaron.

Quand tout est mis à plat entre eux, Dave et Jenny s'étreignent. Jeff, droit comme un piquet quelques mètres plus loin, les fixe, incapable de faire un pas vers eux. Puis, sans autre forme d'au revoir, Jenny suit sa famille, et Dave monte sur la moto de Bob pour suivre la sienne.

18

Le lieutenant-détective Martial Carignan peut reconstituer le bunker au complet en juxtaposant les clichés de Jeff, tellement ils sont nombreux. Le petit s'est montré aussi discret qu'une souris blanche, il a fait du bon travail. À son âge, la sournoiserie est naturelle, devine Carignan. Il doit maintenant se soucier de son évacuation avant l'assaut.

Il envoie plusieurs demandes pour faire accélérer le processus. Il vérifie sa boîte de messagerie toutes les quinze minutes, le répondeur de son bureau, son cellulaire, à l'affût du message qui enclencherait l'opération de sa carrière. En attendant, il boit du café. Incapable de quitter son bureau, il fait les cent pas de midi à minuit, tous les jours. L'opération prend du temps et coûte des millions, et chaque jour il doit maintenir le contact avec les *peacekeepers*, assurer leur liaison avec l'unité mixte. Il s'est obstiné longtemps avec l'un d'eux, qui tient mordicus à ce que la radio locale soit mise au courant pour rassurer la population de la réserve. « Annoncer la frappe ? Pourquoi ne pas leur passer des dépliants, aussi ? » a éructé Carignan. Mais les *peacekeepers* demeurent intraitables sur la question.

Entre deux téléphones et deux cafés, Carignan imagine la possible et cauchemardesque escalade de violence : le légendaire *mad Mohawk* courant vers lui, lance-grenade à la main.

Chaque soir après son quart, et ce jusqu'en juin, il laisse un dernier message à son chef. « Commandant, encore une fois, on a une taupe, un jeune local, il faut absolument que la portion de l'opération Cerbère située dans la réserve 6097 soit réalisée dans les délais impartis et ne fasse pas l'objet d'un mandat différent. Commandant, si vous me permettez, il faut absolument évacuer notre taupe de façon sécuritaire, au plus vite. Merci beaucoup. » Il n'obtient aucune réponse.

*

Un matin, Jenny enfile la robe de chambre de Frank et s'installe à son portable pour jaser avec Willy. Lorsqu'elle accède à sa boîte de courriels, elle remarque que Jeff lui a laissé un message en pleine nuit. C'est la première fois qu'elle reçoit de ses nouvelles depuis l'enterrement ; récemment, elle n'a eu vent que de rumeurs contradictoires à son sujet. Sa mère prétend à qui veut l'entendre qu'il va devenir *peacekeeper*, mais Forrest lui a assuré l'autre fois qu'il servait de vigile aux motards. Elle lit:

La SQ et les peacekeepers *vont frapper le bunker des Moore le 6 juin, à 3 heures du matin, grâce à moi. Ton frère est cuit, Jenny. Prends soin de toi. Détruis ce mail, s'il te plaît. Je t'aime. Adieu.*

Elle n'ose pas appeler son frère. Jeff fabule parfois. Comment le croire avec certitude? Mieux vaut attendre le bon moment. Ce serait tragique d'enterrer son frère tombé sous les balles des policiers, mais ce serait encore pire qu'il passe pour un traître. Elle relit le mot avant de l'effacer, se change à toute vitesse et se rend chez Dave sans prendre le temps de déjeuner. Elle a encore les clés. Dès qu'elle ouvre, l'immense mastiff bondit sur elle. Les mains cramponnées sur son ventre, elle évite de justesse la masse de muscles qui l'aurait renversée. Le husky sort de la maison à la course, se faufilant entre Jenny et l'autre chien. Bazooka, très affectueux, se colle sur elle, la lèche, bave abondamment. Elle l'attache et le traîne dans le boisé pour rechercher Chinook, qu'elle retrouve finalement en train de japper devant un arbre sans raison apparente.

—Dave a plus le temps pour vous, on dirait, il est pas bon avec les enfants... Venez, maman Jenny va s'occuper de vous maintenant.

*

Dave revient de son énième voyage aux États-Unis avec un sentiment de fatigue aliénant. Il se sent désaffecté de lui-même, se traîne jusqu'au bunker comme une mule, portant péniblement un sac de hockey rempli de beaux dollars américains.

Mambrino, qui l'attendait dans le hall, lui ordonne de déposer le sac à ses pieds. Il l'ouvre, semble satisfait, se relève, passe la main dans les cheveux de son poulain. Agacé, Dave les replace.

Il aura droit à une bière, une ligne et un joint quand il aura été placé les liasses dans un des coffres. Mais ses bras tremblent : il n'arrive plus à soulever la charge et demande deux minutes de répit. À ce moment, Jeff arrive de la passerelle de surveillance et lui offre son aide. Il prend le sac et suit Dave à la cave, où une zone sécurisée est cloisonnée derrière des murs de béton imposants. La porte est verrouillée par aimantation, protection qui n'est pas superflue. Dave rate sa première tentative d'entrer le code du coffre fort – il vient confusément d'entrer celui de sortie plutôt que celui d'entrée. Il murmure la bonne série, presse les boutons. La porte se démagnétise enfin en émettant un bruit de sas spatial qui se dépressurise. Il balance le sac dans la pièce et remonte, avec Jeff sur ses talons, occupé à se répéter mentalement les deux séries de chiffres.

Au bout du bunker se trouve une véranda qui ressemble à une cabane de pêcheur, la seule pièce lambrissée où on ne voit pas un pouce carré de béton. Adjacent à la véranda, il y a le bureau de Mambrino et celui de son second, qui servait autrefois de débarras à Mambrino; Poutine et lui jouent au poker en écoutant les chansons rock que Jeff fait jouer pour eux sur son ordinateur.

Au bout de quinze minutes à les regarder jouer, Dave en a assez et fait mine de sortir. Il a connu meilleure compagnie. C'est ce moment que choisit Mambrino pour lever les yeux de ses cartes et lui faire part de la bonne nouvelle:

—Le boss t'aime ben, Crazy Dee. T'es doué pis t'as pas peur de te salir, ça fait qu'on m'a chargé de t'annoncer que tu vas recevoir tes *full patches*, et ton rang de *striker* en prime, le mois prochain. C'est fort, *man*, très fort. Bon, on s'en fait une autre. Viens donc t'asseoir avec nous, on va te faire une place.

*

Jeff vient de recevoir des nouvelles d'anciennes fréquentations: un Mohawk nommé Brandon et un métis du nom de Jimmy, récemment déménagé hors de Kahnawake et *dropout* comme lui ; ce duo de joueurs de tam-tam vraiment accros au pot se fournissait autrefois chez les Moore. Apparemment, les deux comparses doivent plus de mille dollars aux Mongols. Dans son courriel, Jimmy raconte comment Brandon s'est fait attaquer par des Evil Ones dans un bar de Sorel. Convaincus d'avoir affaire à un jeune sympathisant de la gang des Mongols, quatre gros tatoués auraient fendu la tête de Brandon dans la cour arrière du bar, à grands coups de queue de billard et de barre de fer. Il a perdu quatre dents, s'est fait si bien aplatir les poumons à coups de botte qu'il en gardera des séquelles. Il demeurera hospitalisé pour un bon bout de temps, et les policiers n'ont toujours pas attrapé les gars qui les ont agressés. Jimmy jure ne pas comprendre l'imbroglio, jure encore qu'il va payer, supplie qu'on lui donne un peu plus de temps.

Après cet événement, Jimmy n'est plus reparu, ni en vrai ni sur les réseaux sociaux, et Jeff échoue dans toutes ses tentatives pour le recontacter, malgré les interdictions du patron.

De passage au bunker, Happy étonne la galerie en mentionnant qu'il va se charger lui-même de ce travail de base, ayant entendu parler de la pitoyable tentative des Evil Ones. Dave aura la chance d'être initié comme *striker*, il l'accompagnera donc dans cette collecte. Sans donner davantage de détails, il dit suspecter le jeune Jimmy d'avoir contacté les motards ontariens, donné de l'information dans le fol espoir qu'une guerre des gangs pourrait éponger sa dette – celle de Brandon a été effacée, elle. Jeff aurait aimé qu'on en fasse autant avec celle de Jimmy, mais il peut bien « oublier ça, à moins de vouloir payer à sa place ». Jeff devine la gravité de la situation, mais il n'a pas le courage de prévenir Jimmy que les motards l'ont retrouvé, et qu'il n'y aura pas de malentendu cette fois.

Un beau soir, donc, Dave et Happy se rendent chez Jimmy, une petite maison dans un quartier tranquille de Boisbriand. Comme sa mère travaille de nuit dans une usine, ils pourront le cueillir en toute discrétion. En route, Happy a comme le visage plâtré dans un masque de haine facile et gratuite, bizarrement contagieuse. Il se gare devant la maison, saisit deux moitiés de manche à balai taillées en pointes acérées qui traînaient sur le siège arrière. La porte n'est pas fermée à clé. En montant les marches, Dave sent ce qui se trame dans l'esprit prédateur de son patron. Happy se met à rire en pointant de son bâton la porte à droite de l'escalier : des râles qui s'accélèrent se font entendre depuis une chambre à porte double ; les protagonistes de cette dernière danse n'ont rien entendu.

Happy se raidit. Il plaque son oreille sur la porte et sert à Dave une moue dégoûtée: de l'intérieur, ils n'entendent que des râles masculins.

—Entends-tu ça? Jimmy, c'est une tapette!

Dave lui mentionne qu'il s'agit de jeunes de dix-huit ans et non de rivaux ontariens, mais ne reçoit pas de réponse du patron, qui entre dans la pièce en défonçant la porte d'un coup de pied, faisant habilement tournoyer ses deux moitiés de manche à balai au-dessus de sa tête. Depuis la porte, Dave constate la surprise de l'amant quand l'animal bondit dans sa direction. Happy l'attrape en passant ses bâtons sous ses aisselles et l'envoie au sol. Jimmy se love dans le coin du lit, pétrifié, sa bouche figée en un *o* muet.

Un halo meurtrier s'allume autour de Happy. Saisi, Dave hésite à entrer dans la pièce.

—Tu bouges pas, c'est-tu clair, mon enfant de chienne? rugit Happy avant de se tourner vers l'amant – Richard, s'il faut en croire les gémissements de Jimmy plus tôt –, un costaud dans la trentaine qui prend la scène pour une simple invasion de domicile.

—T'es qui, toé? lance Richard en se relevant.

Happy le regarde, grimace et lui hurle de fermer sa gueule en s'élançant. Richard s'avère rapide: il se campe immédiatement dans une position de boxeur pour recevoir la charge, envoie une droite, une gauche, mais ses poings n'atteignent que les bouts des bâtons que Happy utilise avec dextérité pour le bloquer. Les jointures de Richard craquent, et il recule.

—Vas-y mon crisse de fifi, tape-moé, voir! fait Happy en tournant autour de sa proie.

L'autre ne se fait pas prier: il envoie un crochet de la droite qui atteint la mâchoire, mais semble se faire mal au poing. Un coup de manche sur la tempe, un autre sur le nez, et le gars est sonné, bien qu'encore debout. D'un moulinet du bras, Happy assène un troisième coup à la mâchoire du pauvre homme, puis retourne son manche du côté affilé et frappe de nouveau, à la gorge cette fois. Le coup, bien placé et puissant, fend la peau, qui s'ouvre sur un abondant jet de sang. Richard tombe à genoux en gargouillant, les deux mains sur sa plaie, incrédule. Happy le frappe d'un coup de botte ferrée sous la mâchoire pour qu'il s'écrase.

Dave se croyait dur, mais la nausée le prend; l'odeur métallique du sang humain l'assaille, et un frisson lui monte du ventre à la tête. Il n'avait jamais été confronté à une telle violence. Il reste un moment stupéfié, incapable de suivre la situation.

Entre-temps, Jimmy a ouvert un tiroir de sa table de chevet et saisi un revolver avec lequel il menace Happy. Celui-ci demeure imperturbable, voire souriant. Jimmy enfile ses pantalons d'une main et avance.

Ses yeux pleurent, il hoquette de peur et de rage, sa main tremble alors que, bien maladroitement, il annonce à la ronde son projet de tirer et d'appeler les secours. Mais, pour arriver au téléphone, il doit dépasser Happy, solide comme une statue.

Jimmy lui pose le canon sur le front, lui demande s'il veut mourir. Il jette un regard à son amant pris de convulsions, baignant dans une mare de sang. Il hoquette à Happy de faire ses prières, mais ce dernier se contente de fixer l'arme qui le menace avec un rictus. Il fait preuve d'une telle maîtrise que Dave ne pense même pas à intervenir.

—Ton gun, c'est un faux, Jimmy. Y'est chargé à blanc, je le vois d'ici. T'as acheté ça au surplus de l'armée. Tire si tu veux, mais ça va être mon tour après.

Happy dégaine un Glock 9 mm semi-automatique. Jimmy n'ose pas tirer. Le triomphe du barbare est total: ses yeux s'écarquillent, son visage s'ouvre, sa main se crispe. Il regarde Dave du coin de l'œil, heureux d'avoir un témoin.

—Donne-nous le *cash*, Jimmy, et on dégage, parvient finalement à dire Dave.

Ahuri, Jimmy interroge, supplie. Pourquoi ce soir? Pourquoi lui? Non, l'argent, il ne l'a pas. Richard agonise sous leurs yeux. Sur les ordres de son chef, Dave s'empare du faux revolver et le tend à Happy. Richard s'étouffe avec le sang qui obstrue sa trachée, peine même à tousser. Jimmy implore :

—Appelez une ambulance !

Il promet les clés de sa voiture, ses codes bancaires, la télé neuve, n'importe quoi.

Malgré son effroi, Dave fixe le téléphone avec ambivalence. Quelque chose comme une force négative l'empêche de s'en saisir. En vérité, il le sait : il attend les ordres. Bientôt, Richard ne bouge plus du tout.

—Je te jure, Dee, ce gun-là, c'est un jouet. Check, le barillet est ben trop petit pour des balles de .38. J'en ai vu des mieux faits. Faut vraiment me prendre pour un cave. Hein, Jimmy, tu me prends pour un cave ? Je le sais que t'as vendu des infos aux Evil Ones, Jimmy, essaye pas. Y pensaient que c'était toi qu'y tabassaient, pas ton chum. Comme quoi les *snitches*... Tes infos, c'était de la marde, en passant. Des trucs que je faisais couler pour savoir pourquoi ça chiait avec eux. *It's payback time*, p'tit crisse.

Happy montre les dents. Il s'amuse bien ; pour un peu on croirait que toute cette histoire le détend.

—Essaye-le, Dave, l'encourage-t-il en lui redonnant le faux revolver. Ça fait quand même du bruit, faque mets un oreiller dessus pis tires-y une balle dans le cul.

Jimmy supplie qu'on l'épargne, mais Happy devient sérieux subitement, le menace avec beaucoup plus de force que Jimmy n'en aura jamais. Quand celui-ci s'affaisse, défait, Happy pointe son arme sur Richard puis sur Dave, la brandissant comme s'il s'agissait d'une baguette de professeur. Dave saisit un oreiller, le plie en deux, y fourre le revolver de Jimmy et colle le bout du canon sur le cœur de Richard. Il met le doigt sur la gâchette et tire. La détonation est diffuse et rien ne se produit.

—À blanc, comme tu dis, réussit-il à prononcer, soulagé.

Happy, satisfait, veut l'oreiller maintenant; ordonne à Dave d'aller chercher des serviettes pour effacer leurs empreintes: il ne faut pas oublier d'essuyer les poignées et la rampe de l'escalier, puis de prendre les bijoux pour Mambrino, la télé pour le bunker, et la voiture pour embarquer tout ça.

Le sentiment d'horreur qui l'oppresse cède au besoin de plaire. Dave aurait voulu plaider pour la vie du jeune homme, mais c'est une pensée lointaine, un arrière-monde. Son plexus se comprime, ses mains sont glacées, sa bouche pâteuse, son corps entier semble mimer les dernières convulsions de Richard. Il quitte la pièce sans réfléchir.

Il va désormais à l'école du meurtre. Une passion sombre et irrépressible lui chuchote depuis longtemps qu'il doit vivre de crimes, qu'il sera meilleur à être mauvais que bon. Jimmy aussi comprend cela. Lorsque Dave revient avec les serviettes, il le supplie, sans espoir. « Ferme-la pis crève » sont les quatre derniers mots qu'il entend de Happy avant que ne jaillissent de son Glock les deux balles qui mettent un terme à sa vie.

19

Étendu sur sa couchette, le corps en état d'alerte et bourré d'amphétamines, Jeff a l'impression de ne pas avoir dormi depuis des mois. Il y a un an seulement, il passait devant le bunker pour la première fois avec son cousin et les Lahache. Ses rêveries oscillent entre l'horreur et l'euphorie. Il anticipe l'immense popularité à laquelle il aura droit une fois l'affaire terminée. Le métier de *peacekeeper* sera à sa portée. « Jenny, c'est pas la seule belle fille de Kahnawake. Plus jamais dans l'ombre de personne. Découvrir l'Amérique centrale, et de là, parcourir le monde, peut-être. Faut juste que ça se déchaîne. Je fais la différence. » Ces mantras l'aident à ne pas céder à la panique.

Son ordinateur est verrouillé – il modifie le mot de passe tous les jours –, ses courriels ont tous été détruits. Mais Mambrino le regarde avec un air étrange depuis quelques jours. La SQ n'a suggéré aucun plan d'évacuation ; ils se proposent simplement de l'arrêter avec les autres, et de le relaxer une fois au QG.

La nouvelle d'un double homicide à Boisbriand a fait le tour d'internet, et il comprend bien que l'une des deux victimes est Jimmy. Ignorer les détails de cette affaire le rend nerveux. Mambrino le soupçonne peut-être de quelque chose. En ce grand jour, il s'imagine être exposé et descendu au dernier moment.

Pas question.

Sa montre vibre : Poutine a terminé sa ronde. Mambrino fera le reste de la nuit. Il a dix minutes. Il ouvre un œil, tourne lentement la tête d'un côté et de l'autre, jouant au dormeur. La grande salle est vide. Il se lève, ramasse son portable et son sac, et file à la cave. Il a offert le meilleur haschich qui soit à Billy il y a quelques heures, espère qu'il en a fumé beaucoup durant son tour de garde au garage. Jeff entend du bruit à l'étage. Le stress le submerge d'un coup. Il s'est répété le code un million de fois, mais ne s'en souvient plus maintenant. Il se penche, retire de sa chaussette le petit papier où il a noté les codes. Quelqu'un est en train d'ouvrir la porte qui mène à la cave. Il entre le code. Trop vite, il a accroché deux boutons à la dernière entrée. Sa respiration est rapide comme celle d'un lièvre en fuite, mais ses doigts ne sont pas aussi vifs. Il sent l'appel des profondeurs, la tentation de demeurer là en petite boule et de se laisser tuer. Mais il se relève, prend une grande inspiration, dénoue ses épaules et secoue ses mains, puis dit à voix haute: «*Slowly.*» Il entre le code en trois secondes, ni vu ni connu.

Dans la cave qui donne directement sur le stationnement souterrain, Jeff repère Billy endormi sur le siège passager de son camion. Il traverse le garage à la course, puis ouvre la lourde porte. Sa tête recouverte par le capuchon de son kangourou, il court de toutes ses forces.

La nuit est fraîche et claire. Elle sent bon la victoire. Jeff entend les moteurs du contingent qui arrive depuis Chateauguay Road, en route pour l'entrée du bunker. Des gyrophares apparaissent devant lui. Les sirènes retentissent. La cavalerie est un peu d'avance. L'arrière-cour est à découvert mais le boisé du domaine des Moore est juste à côté. Il s'y engouffre à grands pas.

Après quelques minutes de course, il réalise que le boisé est plus dense et sombre qu'il n'y paraissait. Les sirènes ont cessé et les gyrophares se font plus rares. Il n'ose tout de même pas allumer la lampe de poche de son téléphone, ne voit pas grand-chose. Néanmoins, il marche droit devant, en direction des bruits de moteur, et progresse lentement. Le chemin privé du domaine est tout près, il voit les petits arbres qui le bordent. Il s'appuie un moment contre un pin, reprend son souffle. Il est exténué, a l'impression de sentir son squelette secoué de spasmes sous sa peau. Il se prépare au dernier sprint, du chemin à la route, où il sera recueilli par une autopatrouille et sauvé.

Jeff se redresse et fonce le plus vite possible. Le vent frais caresse son visage. Il regarde la lune qui scintille, puis se ressaisit avant de bondir pour traverser le fossé, et se retrouve sur le chemin.

Sur sa gauche apparaît une immense masse sombre, rapide, tout près, beaucoup trop près. Ses réflexes lui font défaut. Jeff se fige, inondé de lumière.

*

Dave se réveille en sursaut. Quelqu'un est mort dans son rêve, noyé dans le sang. Son téléphone vibre sur lui. Il se redresse, se frotte les yeux. Les trois jeunes Moore, ainsi que Floyd, Poutine et Billy, alignés sur leurs lits de camp, dorment. Jeff manque à l'appel. Ce doit être son quart, mais Dave ne le voit pas à son poste habituel, sur la passerelle de métal au-dessus de lui. Peut-être fait-il une ronde ? Il fait cesser la vibration de l'appareil en répondant. Il est près de 3 heures du matin.

—Dave, mon frère, je t'en prie, je sais que t'es au bunker, fait Jenny, en pleurs. Il faut que tu partes, la police s'en vient avec ses gros chevaux. Dans moins d'une heure. Je m'excuse, j'ai pas pu appeler avant, je viens de l'apprendre. C'est d'une source sûre.

Il pose une rafale de questions à voix basse, essaie de lui tirer les vers du nez, mais Jenny ne peut s'arrêter de sangloter. Elle ne fait que répéter ce qu'elle lui a déjà dit, puis raccroche. Dave écarquille les yeux, regarde à gauche, à droite. Il se lève, va au lit de Jeff. Son portable n'est plus dans ses affaires. Il se retourne pour être inondé par une lumière aveuglante. Il lève la main pour bloquer le faisceau de lumière, voit Mambrino, les yeux craquelés par la cocaïne, qui demande d'une voix menaçante :

—Qu'est-ce tu fais là, Dave ?

—J'arrive pas à dormir. Je cherche du pot. Billy en a toujours, y'est où ?

—En bas, en train de gosser sur son camion.

—OK, je vais aller le voir, si ça dérange pas. Toi, ça va ?

—Jeff est pas à son poste, je le cherche.

—Y'est peut-être avec Billy, je vais jeter un œil.

Dave fait des efforts surhumains pour camoufler sa nervosité. Mais la drogue semble bizarrement diminuer la paranoïa naturelle de Mambrino, qui continue sa ronde nonchalamment.

Dave descend et ouvre la porte de la cave, traverse un couloir de béton qui donne sur le stationnement souterrain. La double porte du garage, habituellement fermée à l'aide d'une serrure magnétique, est grande ouverte et laisse entrer la brise nocturne. Le calme ambiant augmente encore sa nervosité. Billy s'est assoupi dans son Hummer, la portière ouverte. Dave lui secoue l'épaule.

—Billy, réveille-toi, on peut pas remonter... On est faits comme des rats. Fais-moi confiance, faut foutre le camp. *Háo' entsitewahtén:ti !*

Soudain, ils entendent des voitures qui défoncent la grille puis fracassent la barre de sécurité, probablement décrochée par un camion-bélier. Déjà. Les bruits de moteurs se rapprochent pendant une dizaine de secondes, puis les pneus crissent. Billy se réveille lentement, assommé par sa soirée à fumer du hasch. Il se pousse côté passager sans poser de question. Dave démarre le moteur, dirige le monstre de taule vers la sortie.

Ils seront certainement repérés immédiatement. Il n'y a pas de route de secours derrière le terrain, sinon cette piste de motocross qui s'enfonce dans le boisé derrière le terrain, vers le domaine des Moore, mais ils n'ont pas le choix.

Dave poste le camion à la sortie du garage. Il met toute son énergie à rester calme, les deux mains bien agrippées au volant. Quand on y pense, la saison n'est pas si loin où il étudiait dans le cours « habiletés du juriste 1 ». Billy lui demande ce qui se passe et ce qu'il fout.

– Y a une barrière de chars et de guns devant nous, Billy, on risque de se faire tirer à mort, se contente de dire Dave. T'es prêt ?

– *What the fuck ?!* Attends, j'en ai manqué un bout... les Evil Ones attaquent ? J'ai mon Uzi, je suis prêt.

Billy passe la main sur son visage, saisit son arme, retire le cran de sûreté, secoue la tête, désemparé.

– Non, c'est les bœufs. *Skenen'hátie', akwé:kon enioiáneren'ne* – calme-toi, tout va bien aller.

*

Carignan sue à grosses gouttes sous son gilet pare-balles en kevlar. L'heure était pourtant bien choisie, mais la canicule ne donne aucun répit. Comme les criminels, tiens. Carignan assure le déploiement, et jusqu'ici tout se passe bien. À 3 heures tapantes, il reçoit par radio l'ordre d'assaut du commissaire, le transmet au capitaine de l'escouade tactique. Le chef de l'escouade se met en place. Il suit le passage des secondes sur sa montre, puis donne l'ordre silencieux au groupe Alpha d'approcher le bunker avec le bélier.

Le cliquetis de l'équipement qui frotte les corps en mouvement, les yeux écarquillés de ses hommes à l'assaut du titan de béton le grisent. Le capitaine de la section d'assaut envoie à son tour le signal au groupe Beta de lancer la charge. Il y aura des morts, Carignan en est sûr.

Alors qu'ils approchent de la porte d'entrée du bunker, un officier repère une ombre massive à la fenêtre, huit mètres plus haut. Un homme surgit ; il hurle : «*FUCK YOU !*» et envoie une salve d'automatique. L'escouade s'écrase – les policiers plongent pour se mettre à couvert. Personne n'est touché. Le cerveau de Carignan s'embrase.

Les quinze hommes de l'escouade, soutenus par autant d'officiers des forces mixtes et régulières, visent les fenêtres en haut de la bâtisse. Les balles pleuvent sur la façade du bunker dans un staccato agressif. Des coups de feu sont tirés depuis l'arrière, où trois voitures tentent de prendre la fuite. Carignan les voit accélérer et disparaître à l'arrière du domaine.

Après cette première pétarade, les hommes rechargent. Carignan réitère ses ordres dans la radio. La première escouade se positionne autour de la porte. L'homme à la fenêtre a disparu. Le chef de l'escouade fait un décompte en repliant ses doigts un à un jusqu'à former un poing. Deux membres de l'unité Alpha saisissent le bélier pendant que le troisième assure la couverture.

Le bélier ne suffit pas à faire céder la porte. L'unité Beta arrive à la rescousse avec une charge de C-4. L'artificier met une minute à l'installer. Les six hommes entourant la porte reculent. La déflagration secoue les fondations de béton du bunker. Un nuage de fumée opaque recouvre la zone.

Après l'explosion et le bruit lourd de la porte qui s'affaisse, Carignan sort de sa voiture, s'approche prudemment, tenant fermement son pistolet devant lui. Les trois hommes de l'unité Beta envoient les grenades lacrymogènes. Quelques secondes passent encore, puis le groupe Alpha fait son entrée, rapide, précis. Trois hommes se déploient immédiatement, suivis de trois autres officiers, silhouettes noires s'engouffrant dans la fumée blanche. Ils sont à découvert et n'entendent pas à négocier.

Carignan se planque sur le côté de l'entrée, repère deux officiers couverts par les premiers piliers de béton qui soutiennent le haut plafond. Les autres avancent en visant. Il entre à leur suite. Le bunker s'étend sous ses yeux dans toute sa vastitude. En avançant d'un bon pas, il rejoint le groupe Alpha, caché derrière deux colonnes. Carignan localise un homme qu'il devine être Mambrino; il a reçu une grenade lacrymogène entre les jambes. De la fumée s'insinue dans ses pantalons. Il bouge, se retrouve bien visible au milieu de la grande salle, ce que n'ont pas manqué de constater deux policiers, qui se dévoilent pour couvrir la distance. Un jeune homme à la droite de Mambrino hurle qu'il va se rendre. Il n'y a pas plus de six individus dans le bunker, mais tous sont lourdement armés. Carignan respire de soulagement – peut-être n'y aura-t-il pas plus de tirs, finalement. L'un des jeunes qui se sont massés derrière des barils se dévoile, les mains en l'air. Une voix forte provenant du fond lui ordonne de rester planqué, mais il continue d'avancer.

Les policiers exigent la reddition complète en répétant les mêmes ordres: « Rendez-vous! *Surrender now!* » L'Italien, traversant péniblement un nuage de lacrymos, sort en tenant son fusil d'assaut automatique M-16 au-dessus de sa tête. Un officier cagoulé arrive à sa hauteur. Il jure qu'il se rend, que tout le monde se rend. Quatre autres hommes sont vite entourés et sommés de s'étendre au sol, ce qu'ils font sans s'opposer, avant de se retrouver chacun avec un policier sur le dos.

Il en reste un, tenu en joue par l'escouade. Caché derrière un pilier au bout de la salle, il pointe son arme en criant des insultes. Mambrino hurle, depuis le sol, un genou de policier lui écrasant la joue :

— Floyd ! Rends-toi, gros imbécile !

Les officiers continuent leur inexorable avancée dans le bunker. À quelques mètres derrière eux, Carignan crie que ses hommes vont faire feu si le gros imbécile ne se rend pas. Il ne l'est pas à ce point, finit par céder.

*

Dave embraye et sort du bunker par le garage. Billy jette des regards anxieux de tous les côtés. Le Hummer fonce vers la piste de motos tracée dans le boisé droit devant lui. Ils sont exposés durant cet intervalle, deux voitures s'approchent rapidement et les prennent en chasse. Le Hummer maintient une cinquantaine de mètres d'avance. Dave accélère encore.

La piste est étroite et le camion, vraiment large. Il heurte des petits arbres, des bosquets, mais parvient à avancer, aplatissant tout sur son passage. Dave serre le volant en jetant compulsivement des regards sur le rétroviseur. Il enfonce la pédale au sol, prenant quand même soin d'éviter les gros arbres trop près des flancs. Moins d'un kilomètre plus loin, ils débouchent sur le terrain fraîchement tondu des Moore. Dave oblique à gauche d'un coup sec. Il n'a pas fait dix mètres qu'il revoit la voiture qui les suivait. Billy sursaute:

— *Damn it*, sont là, Dee!

Les dents serrées, Dave tire le frein à main, opère un 180, puis repart sur la droite. Il s'engage sur un chemin de traverse après avoir piqué sur le gazon du domaine des Moore. La voiture qui les pourchassait réapparaît. Dave enfonce de nouveau l'accélérateur.

Une silhouette émerge du bois en courant, juste devant le camion.

Dave n'a pas le temps de voir, pas le temps de réagir.

— *Fuck!* C'est Jeff! crie Billy.

Le corps disparaît sous le véhicule, happé instantanément. Le pneu arrière droit hoquète. Le camion pèse plus de trois mille kilos. Dave est tenté de ralentir, mais Billy le foudroie du regard. La voiture de police derrière eux s'immobilise quand elle arrive au lieu de l'accident. Dave met la pédale au fond sur un chemin de motoneige, bifurque à gauche et émerge du boisé en cahotant sur la route de terre.

À gauche et à droite, un spectacle inquiétant, juste pour eux: des gyrophares illuminent le ciel, produisant une nébuleuse bicolore dans le décor nocturne. Devant, la forêt est impénétrable, véritable clôture d'arbres enchevêtrés. Prendre la voiture et partir d'un côté ou de l'autre équivaudrait à se livrer. Dave avance jusqu'au bois de l'autre côté de la route. Les bruits de sirènes se rapprochent.

–Faut continuer à pied, pas le choix, Billy. À dix minutes de course droit devant, y a la maison de ma sœur. On y va, on pourra se cacher et emprunter le char de son chum. C'est bon ?

–Y'est pas question que je laisse mon truck aux chiens. Tourne ici, y a pas un chat.

–Y bloquent toutes les sorties, c'est certain. Sûr qu'y sont chez nous en ce moment même. Faut courir. *Háo' entsitewahtén:ti ! Come on, let's go !*

Dave sort du camion, s'enfonce dans un bois aux arbres maigres. Billy prend place côté chauffeur et redémarre. Trois voitures de police sont visibles sur leur gauche. Elles foncent à vive allure, gyrophares éteints. Billy vire à droite et dégage. Dave déguerpit à toutes jambes. Deux voitures passent à pleine vitesse, mais la dernière s'immobilise, et un duo de policiers en sort. Ils approchent et envoient la lumière de leurs torches dans le boisé.

Dave progresse d'une cinquantaine de mètres puis s'arrête et se cache derrière un arbre, haletant. Les officiers l'ont certainement vu s'enfoncer dans le boisé ; il ne comprend pas comment c'est possible, il n'y avait pourtant personne autour quand il est sorti du

Hummer. Il les entend entrer dans les bois. Un policier en avancée prudente devient visible à trois heures. Dès qu'il voit que cet agent regarde sur sa gauche, Dave déguerpit, fonçant dans la direction opposée. Quelques secondes passent dans un décompte silencieux. Demeurer concentré. Les officiers ne l'ont pas encore repéré. Il n'y a rien autour hormis le boisé – Dave connaît bien le coin : pas de crique, pas de planque. Il s'élance entre les arbres, court durant trois ou quatre minutes, puis aboutit sur un terrain vague quand il entend le cliquetis des ceintures des agents derrière lui. Trois maisons, à quelque cinquante mètres, droit devant. Il s'arrête à l'orée du bois, s'accroupit derrière un arbre plus large que les autres, reprend son souffle. Son cœur bat fort, imitant les bruits de pas qui se rapprochent. Dave tend l'oreille. Un seul officier, pesant et fatigué, à une trentaine de mètres environ. Il entend le grésillement de sa radio, calcule. Même s'il est plus rapide, il a toutes les chances d'être vu avant d'avoir eu le temps de se cacher. L'autre agent est loin derrière : il appelle son coéquipier, lui annonce que l'hélicoptère sera bientôt là. Le policier isolé continue d'avancer.

Tout jeune, seul face à la peur, il arrivait à Dave de fermer les yeux sous ses couvertures, croyant ainsi disparaître. Impossible en ce moment. Il retient sa respiration ; tout va à grande vitesse dans sa tête, mais les pensées sont claires. Il sort le .44 de son étui à l'épaule, abaisse le cran de sûreté, attend. L'agent se rapproche, son jet de lumière parvient à la hauteur de Dave, toujours accroupi. Sans un bruit, il fait le tour de l'arbre. L'officier avance d'une dizaine de mètres sur le terrain vague, le sonde de sa lampe torche.

Dave compte jusqu'à cinq. Il se lève et s'élance, arme levée, a le temps de couper la distance avant que le policier ne se retourne, croyant entendre son collègue.

—Bouge pas! fait Dave en continuant d'avancer d'un pas vif, visant le jeune policier, qui fige.

S'il lève sa lampe pour l'aveugler, Dave devra tirer. Mais l'homme est avisé. Dave lui prend son arme et sa radio, le canon braqué sur son front, puis le repousse. Le policier tombe en se prenant les pieds dans une racine. Dave devrait lui tirer dans la jambe; il se retourne plutôt et traverse tout le terrain vague dans son élan. Il croit voler.

20

Parvenu à la première des trois maisons, Dave cogne à la porte. En vain. Il ramasse un pavé dans la cour, l'utilise pour fracasser la fenêtre, puis déchire la moustiquaire avec son poignard. La grande pièce commune est vide. Il fouille la surface du buffet près de la table en passant sa main, en vain. Des murmures lui proviennent de la cave. Enfin, il trouve les clés d'un camion Dodge sur le comptoir, dans un bol à fruits. Il ressort, longe la maison en se pressant jusqu'au camion ; la clé fonctionne. Il démarre et dégage. Dans le ciel au bout de la route, il contemple un instant les lumières colorées – ouate rouge et bleu dont les faisceaux s'entrecroisent à intervalle régulier.

La chance lui sourit : il ne rencontre personne. Il se sait coincé sur la réserve au moins jusqu'au lendemain, se dirige donc vers la maison de sa sœur. Il laisse le camion au bout de la route qui y mène et fait le reste au pas de course, au terme de quoi des tambours lui percutent la poitrine et les tempes. Il lance la radio et l'arme du policier dans un fossé humide, prend le temps de souffler, puis débouche sur une rue en cul-de-sac. La maison se dresse au bout, isolée sur un vaste terrain. Les volets sont tirés, les ténèbres l'entourant sont sécurisantes pour le fuyard. Il aurait cru être plus en demande, entendre son nom à la radio ou voir une voiture ou un officier dans le coin. Rien.

Jeff...

Il teste la poignée.

—Jenny Standup, murmure-t-il, sans obtenir de réponse.

Il fait le tour de la maison. Une des fenêtres de la cave est entrouverte. Il entre en catimini. Un chien se lève de son coussin et vient à sa rencontre alors que ses yeux s'habituent encore à l'obscurité de la cave. Le chien n'a pas jappé : c'est l'un des siens. Bazooka. Il le flatte un instant, lui chuchotant quelques mots doux.

Frank descend d'un pas lourd et rapide l'escalier dans la pénombre. Il s'immobilise, et les deux hommes se retrouvent face à face. Frank tient un couteau de cuisine dans la main droite. Il ne semble pas reconnaître Dave tout de suite.

—*This is my house, get the fuck outta here!* hurle Frank, intimidant.

—Un mastiff comme ça aurait pas laissé entrer un intrus, Frank.

Le chien tourne autour de son maître en poussant des gémissements, et c'est contre Frank qu'il aboie quand ce dernier s'approche encore, couteau brandi.

Dave se redresse, le visage las. Il sourit de cette situation pathétique, ce qui n'aide pas. Jenny appelle Frank depuis le rez-de-chaussée. Dave tend la main.

—Du calme, Frankie, je viens pas pour une jasette, je veux juste t'emprunter ton char.

Frank ne semble pas prêt à céder. Dave avance. Son beau-frère lui bloque le passage.

—*Get the fuck outta my house!*

Dave secoue la tête.

—*No can do*, Frank. J'ai pas le temps de niaiser, là. Sont où tes clés?

Comme Frank ne réagit pas, Dave recule de trois pas et sort son arme avec une inquiétante lenteur. Quand le canon vise sa poitrine, Frank se raidit. Dave indique avec le pistolet la main armée de Frank, qui lâche le couteau, puis il l'oblige à monter. Les deux hommes parviennent à la salle à dîner, où Jenny attend, téléphone en main. Heureusement, elle n'a pas encore appelé les *peacekeepers*. Frank est livide. Derrière lui se trouve Dave, le visage écarlate et les yeux qui crachent des flammes. Jenny sursaute.

—Mon frère! Tu t'es sauvé! Es-tu correct?

Dave cesse de pointer Frank de son Magnum, mais dégaine son poignard, une lame de vingt centimètres en acier noir. Il va vers le téléphone, coupe la ligne, puis répète sa demande à Frank, sans répondre à sa sœur. Ce dernier va vers son manteau, en sort ses clés, les lance à Dave avec un avertissement sans équivoque :

—*You're dead meat, man.*

—T'as raison, Frank. Si je sors maintenant, je suis cuit. Mais je vais attendre au matin, parce que vous allez m'inviter à passer le reste de la nuit dans votre petit nid d'amour, *isn't that right* ?

Jenny s'interpose, nullement impressionnée. Son ventre de six mois met quelque distance entre les deux hommes.

—C'est fini, Dave, les policiers sont partout. Ils vont tous vous attraper. Y a cinquante personnes de visées par l'opération. Partout où tu vas aller, y vont être là. Arrête tout pendant que tu peux encore, je t'en prie, tu aggraves ton cas... Rends-toi.

Il hoche la tête en fermant les yeux, s'assoit, retrouve enfin son souffle. Il range son couteau et s'allume une cigarette, les coudes sur les cuisses, met plusieurs secondes à souffler sa première bouffée. Il ne lève pas les yeux du sol en répondant :

—T'as raison, Jenny. T'as toujours raison. Mais la guerre est pas terminée. J'ai déjà fait une victime.

C'était un accident, mais j'aurais probablement eu à tuer ou à voir mourir Jeff peu importe les circonstances.

—*Oh, God.* Je pense vraiment que c'est le temps pour toi de te cacher. Va rejoindre notre père.

Sans prévenir, Dave éructe, hors de lui :

—*Fuck the old bastard!* Moi, je suis né ici, je vais crever ici.

Il frappe la table du poing, se tourne ensuite vers le mari de sa sœur :

—Désolé, Frank, mais je vais partir avec ton pick-up. Tu le retrouveras sur la 344, près de Kanesatake. Je vais laisser les clés dans le coffre à gants. Maintenant, on va tous passer au salon. Jenny va nous faire du café et on va gentiment attendre le lever du soleil ensemble, OK ?

Dave sent le cœur de sa sœur se refroidir. Il sait que Frank le vendra à la première occasion, si bien qu'une fois en route, il n'aura que quelques minutes d'avance. Il n'y a pour lui qu'une seule destination. Jamais la police n'osera refaire son petit numéro à Kanesatake. Bientôt, il trouvera son oasis, du bon côté des barricades.

Pendant les deux heures qui suivent, Frank et Jenny se livrent à un réquisitoire contre la mauvaise vie, discutent de ce que Dave devrait faire de la sienne. S'exiler ou se rendre pendant qu'il en est encore temps. Jenny considère – pour la première fois – que son frère a une dette envers elle, qu'il doit sortir de sa vie. Frank lui parle de travail, du moins des contacts pour en trouver – on a toujours besoin d'un mécanicien. Dave, devenu pâle à cause du stress et du manque de sommeil, voit bien les lèvres qui bougent, les bras qui remuent, mais son esprit ne capte plus les propos.

Dans sa tête, il n'y a rien. Le vide parfait. Il n'est désormais que pure présence, action animale, un vrai moine zen. La vérité, il la connaît: cette surenchère d'action, cet affinage des instincts, il l'attendait, s'en délecte. Il fait semblant qu'il suit la conversation en offrant des réponses minimales de temps à autre, mais ne retient rien. En s'allumant une énième cigarette, il largue simplement:

— Tout ce que vous dites, c'est rien que de la fumée.

Quand l'aurore se réchauffe à l'horizon, deux heures plus tard, Jenny prend son frère dans ses bras. Elle le regarde, l'embrasse, le repousse et offre de continuer de s'occuper des deux chiens pour un bout de temps, moyennant la promesse qu'il reviendra les chercher un jour. Il acquiesce en hochant la tête, un pied déjà dans la porte. S'il avait ce pied posé dans sa tombe, elle aurait le même sentiment.

— Prends soin d'elle, Frank : ma sœur, c'est de l'or. Regarde-moi : tu fais le con avec elle, tu vas avoir affaire à moi, fait-il en sortant.

Du haut de l'escalier, Jenny regarde partir son frère comme elle a regardé partir son père six ans plus tôt. Elle ne peut retenir ses larmes, même s'il ne les mérite pas.

Une demi-heure après que Dave Lahache a fui avec son camion, Frank va cogner chez les voisins. Le vieux couple regarde la télévision. On y fait déjà le bilan de l'opération : cinquante-six arrestations, douze endroits perquisitionnés, des millions de dollars en drogues et équipement. L'opération est un succès. Il y a eu un seul mort, un jeune homme tué par accident durant une poursuite. La communauté blâme la SQ, la SQ blâme les trafiquants.

Avec la permission des deux vieux, Frank téléphone à son patron. On a pris son camion et il sera en retard au travail.

21

Dave ne voit rien qui puisse lui rappeler l'invasion des policiers. Bordée d'arbres, la route s'étend sous ses yeux. Il ralentit au cœur d'Oka ; la route 344 rétrécit à cet endroit, pour s'élargir brusquement quand il passe devant la butte du terrain de golf. Le cimetière, séparé du golf par une simple clôture, indique qu'il entre sur le territoire de Kanesatake. On a failli faire une guerre pour cette clôture. Il n'y a pas de panneau, mais la vue d'un cabanon à cigarettes éclairé de néons le détend enfin ; il soupire de soulagement.

Le vent fait bouger les chênes et les pins en une valse discontinue. Dave est obligé de se répéter que tout cela est bien réel, qu'il est bien là où il est. Tout va si rapidement quand ça dérape. Comment les choses ont-elles pu à ce point dégénérer ? Le pire peut-il empirer ? Il frappe son volant, sacre. Bob... Jeff... Il laisse le camion de Frank dans la cour de la manufacture abandonnée où se cache souvent une voiture de la SQ. Cette fois, la cour en friche est vide ; il s'engage au pas de course sur Bear's Den Road, le corps torturé par les brûlots. Il lui faut traverser les champs puis les terrains vagues qui bordent le mont Bleu, un paravent pour la partie ouest du lac des Deux Montagnes. Une demi-heure de marche lui est nécessaire pour atteindre enfin un point de repère : la bâtisse de l'entreprise d'élevage du père de Billy, Joe Day, la Rottweiler Firestarter. Ensuite, le terrain monte en pente douce, et il s'enfonce dans l'arrière-pays pour se rendre chez Diane et Ronnie Higgins.

Il y arrive en avant-midi, exténué. Sur place, on fait comme on faisait l'avant-veille, comme si le bunker de Kahnawake se trouvait dans un autre pays et qu'il n'y avait pas lieu de s'inquiéter plus que d'ordinaire.

Trois hommes de Ronnie lourdement armés font le piquet devant la maison en fumant machinalement. Au village des irréductibles, on tire à vue. Dave claudique, mort de fatigue. Les hommes de Higgins vont vers lui et l'escortent à l'intérieur du manoir. Dans le hall en marbre blanc décoré de deux gigantesques statues de dieux à tête de chacal et de faucon, Dave est pris de vertige – sa conscience s'effrite ; il sombre.

Il se réveille étourdi dans des draps de coton égyptien parfumés. Diane se tient à son chevet. Elle sait déjà tout ce qu'il faut savoir. Dave se demande s'il rêve encore quand il la voit souriante et chaleureuse, une main délicatement posée sur son front.

—Tout le réseau tombe, mon chéri, il reste juste nous autres. La base de Montréal a été saisie. Y a eu douze descentes, des dizaines d'accusations. Happy et ma mère pensent à un plan pour se refaire. D'ici, on peut repartir la machine. Happy va mettre cinq millions sur la table, ma mère en met deux. Avec ça, on sera sur pied dans six mois. Tout va bien, mais y'est 6 heures du soir là, faudrait que tu te lèves, ton boss est ici avec son dernier *goon*, et il veut te voir.

Dans le gigantesque solarium, Happy parle au téléphone. Assis à la table, son homme de main, connu seulement sous le surnom du Clam, mange des pâtes aux fruits de mer. Ronnie Higgins, dite Néfertiti, étendue sur un récamier, ressemble à une riche douairière américaine sans goût : la quarantaine avancée, maigre, les cheveux courts, les traits lisses. Elle mange des chips avec élégance, totalement à l'aise dans toute cette tourmente. Un mélange infect de parfum et d'encens imprègne toute la pièce.

Trois hommes, dont James et Joe, le père de Billy, sont cordés sur un grand canapé foncé de style anglais. À voir leurs airs renfrognés, on devine qu'ils n'apprécient pas leur nouveau rôle de serviteurs de sa majesté Higgins.

Ronnie fait tinter une petite sonnette en or. Un domestique guindé apporte aussitôt un plateau avec une bouteille et des flûtes à champagne ; il le pose sur la grande table où le Clam dévore son repas. Dave fait un signe de la main et chacun le salue en retour, sauf le boss, toujours au téléphone. Ronnie allonge le bras et fait pianoter ses doigts pour attirer l'attention de Dave. Une musique des îles, maracas et ukulélé, sort de haut-parleurs fixés au plafond. Un autre serviteur blanc apporte une assiette de pâtes fumantes. Dave l'accueille avec bonheur.

Happy n'est plus content du tout. Il pose violemment son cellulaire contre la table, le fracasse, en prend un autre, fait un autre appel. Il recommence ce manège cinq ou six fois avec autant de téléphones portables jetés dans un sac de plastique tout de suite après utilisation, puis se lève, va poser sa main sur l'épaule de Dave, s'assoit près de lui et vide un sachet de cocaïne en jurant.

—Calvaire, Ronnie, c'est quoi l'ostie d'idée d'acheter une table blanche ? Je vois rien, calisse ! Tiens, mon Dave, fais-toi-s'en une.

—Merci boss, mais j'aimerais mieux finir de manger avant.

Happy dévisage Dave. Il lui tend un billet de vingt depuis au moins cinq secondes sans que Dave l'ait remarqué. Quatre de trop. Happy frappe la table, puis envoie l'assiette de pâtes se briser sur le plancher avec l'autre main. Le Clam ne bronche pas.

—Hey, p'tit crisse: tu prends le *bill* pis tu t'en fais une. Je te fais un cadeau, là: tu le prends pis tu fermes ta crisse de grand' yeule!

Dave s'empresse de renifler la cocaïne, puis se lève – il n'a rien à faire ici –, mais il est interpellé par son patron:

—Hey, t'es pas chez vous icitte, tu peux pas laisser traîner ta marde, crie-t-il, les yeux injectés de sang, en pointant l'assiette fracassée par terre. Penses-tu que c'est le serviteur qui va te torcher? Non, mon homme, tu ramasses ton dégât avant de sortir pis tu vas pas trop loin après ça, faut qu'on se parle.

Dave s'exécute sous les regards amusés de tout le monde, se retire dès qu'il a terminé. Il attend son patron pendant une heure dans le salon adjacent, en vain.

La nuit venue, la bande se réunit. Avec deux motards blancs pour une douzaine de Mohawks, le rapport de force s'est inversé. Happy promet cent mille dollars par mois pendant trois ans pour reconstruire le réseau. Ronnie, secondée par les agriculteurs, lui promet en retour un profit de cent pour cent par année, ce qui est tout à fait réaliste. Autour de la table, les fermiers millionnaires y vont de leurs commentaires et de leurs suggestions. Ils dressent une longue liste de stratégies possibles. Le chef des *peacekeepers* promet de mener la vie dure aux policiers et à tous ceux qui nuisent aux intérêts de la matrone Higgins.

Dave est ahuri de voir un grand nombre de notables et membres de grandes familles présents, hommes et femmes, parfois en couple. Puis il y a James, l'oncle de Johnny, l'homme qui lui a offert sa première job pour le compte des Mongols. Dave voit maintenant les visages de ses vrais patrons. Les lèvres plus crispées qu'à l'habitude, Happy semble se dire la même chose. Assise au bout de la longue table sur un véritable trône, Ronnie dirige les discussions. Elle met les choses au clair d'entrée de jeu: Kanesatake est son territoire, les tentatives d'annexion par les Blancs s'étant soldées par le fiasco qu'on connaît, l'heure est à la restructuration. Il est plus que temps de consolider toutes les bannières sous le même royaume, le sien. Elle est applaudie chaudement.

Grâce à elle, le réseau renaîtra de ses cendres. Elle en fait la promesse de plusieurs manières, et sans demi-mesure. Après tout, si les motards ont l'argent, elle a les terres et les droits de passage. Il est temps que cela vaille quelque chose. Les motards injecteront de l'argent en échange d'un pourcentage, mais terminé le droit de cité. Avec une dizaine de serres à cannabis sous son contrôle, la capacité de blanchir plus de cent millions de dollars annuellement via diverses propriétés et entreprises locales, et surtout le carnet d'adresses complet des contacts pour le réseau américain, Ronnie ne rate pas une occasion d'imposer son autorité.

La réunion se termine par le quadrillage du territoire sur une carte que Diane apporte quand sa mère le demande. Des hommes feront des barricades pour bloquer la route d'Oka. Le bulldozer leur permettra de travailler rapidement. La moindre excuse ou rumeur d'invasion policière devra mettre le feu aux billots.

Quand tous sont partis, confiants et soulagés, Happy fait signe à Dave, le mène au salon. Marchant devant, Dave sent ses jambes flageoler. Il pense à Jeff, mais tente de chasser l'image de son esprit.

Happy ferme la porte pendant que Dave avance encore sur le grand tapis turc.

—C'est quand même incroyable que tu sois le seul à t'être sorti indemne de la descente, Dave, lâche enfin le patron sur un ton équivoque. Bravo. Jeff est mort?

« Jeff est mort pour qu'on puisse se débarrasser d'enfants de chienne dans ton genre », se surprend-il à penser. Ne sachant trop si son patron soupçonne comme lui l'implication de Jeff dans la débâcle, il demande:

—Oui, Billy et moi, on lui est passés dessus. C'était un accident. Y avait un *snitch*, comme ça?

—Oui: Mambrino. Y'est en interrogatoire en ce moment, paraît qu'y collabore pour se payer une remise de peine. Y pensait peut-être que je le saurais pas. Un contact m'a dit qu'ils vont l'envoyer à la prison de Saint-Jérôme pour le séparer de la gang, comme si je connaissais personne là-bas. Y'est mort. Pis pour pas cher.

—Le traître, c'était mon boss? La belle affaire, toi. *In gold we trust.*

—Fais-toi-s'en pas, mon Dave, les Mongols vont se refaire, pis assez vite à part de ça. J'ai une couple de bonnes passes en vue.

Happy lui tapote l'épaule et l'invite à sortir fumer avec lui, ce qu'ils font en discutant de température.

22

Tous les soirs, dans la chambre d'à côté, Diane baise avec Lajoie. Dave peut entendre sa respiration mêlée aux grognements de son patron. Leurs séances sont brèves les premières fois, mais de plus en plus longues et passionnées alors que les jours passent.

Dave rage, mais ne laisse rien transparaître. C'est une perche qu'il ne doit pas saisir. Happy est bien passé au salon, le premier soir, pour annoncer : « Je t'emprunte ta poule. » N'en ratant pas une, James et le Clam, qui étaient en sa compagnie, se sont moqués de lui. Mais il n'a pas bronché et le « partage » s'est établi sur la durée. Dave travaille dehors tous les jours, patrouille les limites du domaine des Higgins. Le soleil lui chauffe la peau, mais ce n'est rien comparé à son sang qui bout. Diane, avec qui il réussit à s'entretenir dans un coin à la fin d'une semaine de ce calvaire, justifie ses activités en prétextant que le business doit passer avant tout, qu'elle ne fait qu'obéir à sa mère.

Au septième jour d'exil, tandis que Dave mange seul dans le solarium, Ronnie vient s'étendre sur son récamier. Enveloppée dans une grande robe rouge, elle porte maquillage, talons aiguilles, et un livre noir de grand format à la couverture cartonnée. Elle demande à Dave de prendre place à côté d'elle, et il s'exécute. Assis très près, il peut voir le contenu du livre, que Ronnie ouvre à une page marquée d'un signet de soie. Il s'agit d'une bande dessinée érotique. Le dessin est explicite – les deux pages qu'il voit illustrent une scène entre un jeune cambrioleur attrapé et bien baisé par la dame de la maison.

—Regarde ça, c'est beau, non? L'as-tu déjà fait avec une femme plus âgée?

—Euh, non. Mais je l'ai fait avec ta fille par exemple.

—Mmmm, la chance que t'as...

Dave, imperceptiblement, se détache de Ronnie et atteint le bout du fauteuil. La matrone se relève, le visage dur. Elle referme le livre dans un grand *clap*.

—Bon, très bien. Tu vas aller faire les courses dans ce cas-là. T'es le pourvoyeur à partir de maintenant. Prends le pick-up, la liste est longue.

*

Le temps passe ainsi. Dave attend quelque occasion de fuite, de sabotage ou de débâcle générale. Des sentinelles armées de fusils d'assaut montent constamment la garde chez les Higgins, d'autres surveillent les frontières de la réserve. L'emprise de Néfertiti sur la communauté est visible de partout.

Tous les soirs vers 23 heures, pour éviter d'entendre les ébats de sa copine et de son patron, Dave sort fumer sur le terrain pour ne revenir qu'une ou deux heures plus tard. Il faut apprendre à minimiser son mal quand il risque de nous dévorer.

Un mois entier après l'opération Cerbère, enveloppé par la brise nocturne qui balaie l'ensemble de la réserve passé 19 heures, Dave réfléchit sous un grand pin près du lac privé de Ronnie. Ou du moins, il essaie de réfléchir. Une pluie fine tombe en diagonale, mouillant son visage. Il y a bien un avant, se dit-il, mais il n'y a plus d'après, plus d'autrement, il ne reste que ce stupide moment présent, cette absence de perspectives qui le submerge en l'absence de danger imminent. Bob lui manque. La mort de Jeff le tourmente. Tous les gens autour de lui sont des menaces potentielles, contre lesquelles il ne peut pas lutter.

Sur le chemin du retour, il entend des bruits furtifs depuis les bois mais ne voit rien ni personne. Il s'approche subrepticement. Derrière le manoir, près d'un pavillon en cèdre, il surprend Happy en train de discuter à voix basse avec James. Il se courbe derrière un bosquet, tend l'oreille.

—... pas le choix, James. Moé, c'est pas une mégère qui va me runner, pis encore moins m'envoyer mon *cash*. Cette business-là est à nous autres. On a juste à faire sauter une *fuse*, on laisse couler le bateau pis on ramasse le paquet. C'est Higgins qu'y veulent, pas nous autres. Y s'attendent pas à nous voir icitte. On ramasse ce qu'on peut, pis on décâlisse avant qu'y nous pognent pis qu'on perde toute encore une fois.

—Je sais pas, boss, c'est *rough*, ce que tu demandes.

—Y'est trop tard pour discuter, James, la bombe est déjà lâchée. Mes infos me disent que « OP Néfertiti » est en branle au QG de la SQ. C'est pour bientôt, James. On sauve notre peau, pis le reste, ben y peuvent toute manger de la marde.

À ce moment, caché derrière le bosquet, Dave se compte chanceux d'avoir appris le français.

—Qui est au courant ? demande James.

—Toé pis le Clam.

—Pis le petit Dave ?

Ce n'est pas parce qu'on parle du loup qu'il se montre. Dave se recroqueville encore plus, aux aguets.

—*Fuck him off.* Je baise sa pute, je pense pas qu'y puisse m'être fidèle. Qu'y coule avec les autres, le *wannabe warrior.*

Dave n'entend pas le reste, ses pensées l'assourdissent. Il salue la chance qui le suit malgré tout par un regard à la lune, puis attend que la fumée rouge qui embrume son esprit se dissipe. Sachant qu'il sera battu advenant un face-à-face, que Happy possède une longueur d'avance dans la course à l'inhumanité, que les Mohawks n'ont pas vaincu le régiment français en s'exposant aux canons, il ravale sa haine une fois de plus.

23

C'est une belle journée. La couche de nuages gris s'est fissurée dès le matin, laissant passer quelques rayons de soleil. En après-midi, un jeune Mohawk âgé de dix-sept ans s'est fait arrêter par la SQ à quelques mètres du territoire de la réserve de Kanesatake pour excès de vitesse et conduite sans permis dans une voiture non enregistrée. Il n'en faut pas plus à Ronnie pour convoquer une réunion extraordinaire avec ses hommes de confiance, dont le chef des *peacekeepers* et les plus puissants fermiers de cette petite communauté d'un peu plus de 1275 âmes, 1280 si on compte Dave, Happy, ses deux derniers hommes, et le fantôme de Jeff, qui rôde encore.

Joe Day, le père de Billy, surnommé Arson dans le milieu, est posté à la lisière de la réserve. Il y a des incendies qui peuvent rendre célèbre : celui qui fit sa gloire dans le passé a détruit la voiture et la maison d'un ancien chef de bande. Il part seul avec un VTT et deux bidons, met le feu aux barricades et à deux voitures de police laissées mystérieusement sans surveillance.

Au manoir, on fête l'événement. Dave est trop préoccupé pour manger une seule bouchée du festin qu'ils se font servir, n'ose pas prendre part aux discussions. Tout peut le compromettre. Il essaie simplement de parler le moins possible. Happy est tellement enivré qu'il ne remarque pas ce changement d'attitude. De toute manière, il semble vouloir l'éviter aussi. Le soir venu, Dave l'entend coucher avec Diane puis organiser l'avenir de Ronnie.

Chaque semaine depuis un mois, Ronnie convoque des réunions durant lesquelles elle affirme que la police n'osera jamais provoquer un autre incident politique d'envergure, mais qu'il faut tout de même se tenir prêt, c'est-à-dire garder les fusils chargés, propres et prêts à l'emploi. Elle exacerbe la solidarité de la communauté en exploitant chaque événement, aussi petit soit-il. Son discours galvanise les troupes. Néfertiti est toujours reine en son royaume.

Durant les conseils de bande et les réunions extraordinaires, Ronnie envoie des hommes ou se présente elle-même pour aiguiser la paranoïa ambiante. Pour parachever son travail, elle arrose d'argent tous les notables, ouvre grand ses coffres et s'assure ainsi de leur soutien complet. Elle raconte à tout un chacun que la police ne les embêtera plus, que le commerce peut reprendre normalement. Dave a l'occasion de rencontrer tous les paliers de l'organisation : cultivateurs, distributeurs, manutentionnaires, acheteurs, hommes de main... Il se fait connaître d'eux comme le second de Néfertiti.

Un soir, Ronnie le prend à part dans le solarium :

—Et puis, Dave, as-tu envoyé les codes pour les nouvelles fréquences à tout le monde ? As-tu la bouffe ? Les médicaments pis les articles de pharmacie ? Y nous faudrait des drones pour surveiller les entrées et sorties, peux-tu me trouver ça ? Tellement de choses à penser, on sait pas trop combien de temps ça peut durer tout ça.

Dave remet à Ronnie ses inventaires. Elle les prend d'une main en lui caressant la cuisse de l'autre.

—Mes activités de la semaine sont notées sur le *pad*.

Elle regarde la première page pendant quelques secondes.

—Ça me semble en ordre. T'es bon avec les papiers ! Quand le plomb dans nos ailes va avoir fondu, je vais acheter le domaine du vieux Moore. Toi, tu vas retourner là-bas et être mon capo. On se connaît pas depuis longtemps, mais je sens que tu serais capable.

—OK. Merci, Ronnie. Quand ça va être fini... *sure*.

—On a un peu de temps avant que Joe pis James me fassent leur rapport... As-tu le goût de faire des folies ?

—Si je pouvais avoir les numéros du top trois des producteurs fournisseurs, d'abord...

Ronnie lui caresse la cuisse sans interruption, cherchant à effleurer son sexe du bout des ongles. Dave ne se raidit même plus. Il essaie très fort de s'exciter, convaincu que le moment est venu pour lui de passer à la casserole. Mais une question le taraude :

—Comment vous arrivez à penser au sexe durant une période pareille ? Comme si tout ça allait passer avec un coup de vent.

Ronnie passe de mielleuse à intimidante dans le même souffle :

—Ça détend, ça déstresse. Y a rien qui m'ébranle, *anyway*. La police, l'armée... ce sera pas la première fois. Faut juste que tu comprennes que, si je le voulais vraiment, tu serais à genoux à me lécher le minou. Je sais ça, tu sais ça, tout le monde sait ça. Tu vas être un bon chien quand maman va te le demander, ou ben tu vas aller crever en dessous du balcon. Je suis une bonne reine, t'as de la chance. Joe fait bien ça pour l'instant, je te sonne quand ce sera pu le cas. Mais fais ben attention : t'es mon lieutenant, t'es plus celui des *bikers*.

Dave regarde autour de lui avant de répondre. Des coups de feu résonnent depuis la pépinière adjacente, sans que personne y prête attention.

—Je suis juste un *prospect*, j'ai pas tant d'attaches.

—Bonne réponse, mon chat, fait-elle avec une moue dégoûtée. T'es un bon élève. Diane dit que t'es trop soumis au lit, pas assez brute, mais bon, chacun ses défauts. Je pourrais te montrer, ça pis tout le reste. Si t'es un gagnant, tu vas apprendre à me faire plaisir. Es-tu un gagnant ou un perdant, Dave ?

Le regard de Dave se détache lentement de la paperasse et se dirige vers Ronnie. Il a rêvé que des mouches lui jaillissaient des yeux et des oreilles en bourdonnant, la veille.

—Je suis un survivant. Merci pour l'offre. Faudrait que j'aille finir les inventaires, y a le camion de bouffe pis la van de bière qui arrivent avant minuit.

Ronnie se détache un peu de sa proie quand arrive enfin Joe Day avec les nouvelles du front. Dave en profite pour s'éclipser à la cave. Une fois seul dans la grande pièce noire, il verrouille derrière lui, son unique privilège.

Plus les jours passent, plus Kanesatake semble se séparer du monde réel. Dave commence à trouver que ses rêves sont d'une extrême banalité quand il voit passer des camions remplis de guerriers armés de gros calibres, quand il croise le soir des groupes à pied dans les quartiers résidentiels, soûls et hurlant comme des loups, quand au loin il peut voir la fumée des arbres ou des billots incendiés. Les barricades à chaque entrée de la ville sont consolidées.

Les *peacekeepers* rivalisent de cynisme, encaissent les pots de vin offerts par Ronnie sans broncher, s'en mettent plein les poches. Le chef de bande non élu à qui Ronnie octroie le titre d'animal de compagnie répond aux appels extérieurs par des communiqués préenregistrés diffusés en boucle sur tous les canaux officiels. Les gens d'Oka et des autres villes environnantes commencent à éviter l'endroit pour ne pas recevoir de contraventions sous des prétextes absurdes. La population civile devient alors invisible. Les volets sont tirés en permanence, on barre les portes et on ne répond plus.

Chez Ronnie, les hommes boivent de l'eau embouteillée et mangent des réserves surgelées. Les coups de feu sont fréquents.

La portion visible de la communauté s'exalte. Dave voit bien que ces hommes furieux veulent une guerre, une vraie: question d'effacer les ratés de la dernière génération. Partout dans les rues, les hommes le dévisagent avec insistance, les unités portent des bannières, soit le drapeau des Six Nations, soit celui des Warriors, quand ce n'est pas un Che Guevara zombie flottant au-dessus d'une légende glaçante : *Au diable la révolution, qu'on m'amène l'apocalypse.*

À toute heure, on peut voir les miliciens s'entraîner au combat. Quand ils ne se battent pas, ils tirent sur des cibles ou boivent les réserves de bière – pas toujours dans cet ordre –, qui à ce rythme s'épuiseront avant longtemps.

Au manoir, des armes de siège sortent de nulle part. Heureux comme un bébé avec son hochet, le Clam trimballe un lance-roquettes partout où il va. Les sentinelles patrouillent avec des fusils d'assaut russes ou américains, à l'extérieur comme à l'intérieur. Dave a même vu passer un homme qui portait une ceinture de grenades.

Le soir, on porte des vêtements de camouflage, certains vont jusqu'à se maquiller dans le style G.I. psychopathe d'*Apocalypse Now.* Pour apprécier le panorama et éviter d'être attaqué durant son sommeil par les policiers, Joe « Arson » Day dort dans une cabane bâtie dans un arbre à la lisière de la réserve, armé d'une carabine à lunette et d'un fusil à fusées éclairantes – un autre homme dort dans le grenier de la maison de Ronnie, afin d'accéder rapidement au toit, pour arroser les poulets quand ils viendront.

Pendant un temps, Dave baigne dans cette atmosphère de fin du monde sans s'en plaindre. L'exaltation ambiante donne un regain d'entrain aux hommes, mais Dave sent bien le désespoir suicidaire qui se cache derrière leur enthousiasme. Après moins d'un mois dans cet état d'esprit contagieux, la cantine explose, détruite par une roquette, pour une poignée de dollars que le Clam refusait de payer.

La seule chose que Dave apprend en appelant sa sœur concerne l'enterrement du pauvre Jeffrey Horn, la mise en accusation de Billy à ce sujet, le désespoir de sa famille. Les parents de Jeff blâment Dave par ailleurs. S'ils ne connaissent pas l'étendue de son implication dans la mort de Jeff, ils sont convaincus que leur fils aura été influencé par son idole, et lui font une mauvaise presse à la réserve. La communauté se désole et s'interroge. Jenny est allée chanter sur sa tombe. Dave regrette le cours des choses, mais n'y voit aucun signe, encore moins l'œuvre d'un grotesque destin; il regrette surtout de s'être confié à sa sœur, avant son exil. Il semble la déranger, son ton est neutre et distant. Pour exprimer sa désolation, il ne trouve rien de mieux que de couper court à la conversation et de la laisser tranquille. Il a un pincement au cœur quand il devine qu'elle ne demandait pas mieux.

De Forrest, il apprend que Floyd a plaidé coupable à tous les chefs d'accusation, a pris sept ans, un chiffre gonflé vu son dossier de récidiviste à faire trembler les juges. Il n'aura pourtant jamais tué personne, plaide Forrest.

Billy a avoué avoir écrasé Jeff. Il plaide l'homicide involontaire. Le nom « Dave Lahache » n'est jamais sorti de sa bouche. Il est gardé en détention dans l'attente de son procès, sans cesse reporté. Dave se promet de payer sa caution dès que possible, de lui rendre la pareille un de ces jours.

Cette solidarité au royaume des brutes lui est comme un baume : il reprend confiance, quelques couleurs, mais surtout, la détermination nécessaire pour survivre à ce bourbier.

Malgré cela, la paranoïa gagne du terrain dans sa tête : chaque ombre inconnue, chaque nouveau visage le fait sursauter. Toute nouvelle personne est dévisagée scrupuleusement. À tout moment, à chaque détour ou dans chaque coin sombre, il s'attend à revoir surgir un Johnny armé et prêt à en finir avec lui. Il se fait encore plus silencieux, encore plus petit. Il laisse sa personnalité s'effriter, seule façon qu'il a trouvée pour éloigner les soupçons. Pour celui qui a toujours tout exprimé, ce retournement radical est plus qu'une souffrance, c'est un suicide intérieur. Mais ça lui permettra de renaître.

Et puis, perdre le fortifie. En abandonnant tout espoir, il gagne en colère, se sent dangereux.

Il s'est rasé la tête, s'entraîne de trois à quatre heures par jour. Ronnie semble apprécier cette attitude ; elle lui fait des confidences, lui délègue certaines responsabilités. Soûl pour la première fois depuis des lustres, Dave lui accorde une nuit. Mais la plus intéressante de ses nouvelles tâches consiste à entretenir la communication et à rassurer les contacts d'importance de Ronnie : cultivateurs, transporteurs, acheteurs, revendeurs, chefs d'entrepôts – des liens se tissent entre Dave et eux.

Pour les communications, la matrone Higgins s'est fait aménager dans la cave une salle *hi-tech* dans laquelle on retrouve aussi des radios à l'ancienne avec modulateurs de fréquence. Dave s'enferme dans cette salle quand il n'est pas à l'extérieur à chercher de la nourriture, qu'il paye trois fois le prix. Seul à la cave, il chasse les chimères et résiste à l'égarement pour rester à l'affût. Happy ne pense plus à lui, le Clam a cessé de se moquer, trop occupé qu'il est à exhiber ses gros calibres. Ronnie se croit indétrônable même si tout le monde ne cesse de trahir tout le monde.

Un mercredi soir où il est pratiquement seul au manoir, en tout cas seul au sous-sol depuis assez longtemps pour qu'il ne sache plus si on est le jour ou la nuit, il utilise un téléphone à cadran dans la salle des communications et compose le numéro de sa sœur. Elle est surprise, mais reste aimable, attendant de connaître le service qu'il a forcément à lui demander. Dave lui sert à la place un long monologue en kanien'keha : il lui parle de l'opération Néfertiti, lui demande d'appeler le lieutenant Martial Carignan, pas pour lui soutirer de l'information, mais pour lui en donner. Elle prend un crayon à sa demande et note que, tous les mercredis soir, il y a réunion extraordinaire du conseil de guerre à la salle communautaire, que les retailles d'effeuillage des plants de cannabis des cultivateurs hydroponiques sont brûlées à date fixe aux abords de la réserve, qu'ils vont recevoir un chargement d'armes le 3 août en provenance d'Akwesasne, que le *shipping* a repris depuis peu et que la dope est habituellement cachée dans les pare-chocs modifiés ou les sacs gonflables des voitures. Il lui largue tout ce qu'il sait. Après avoir fait cette énumération d'un souffle, il lui demande si elle appellera. Jenny oppose lui qu'il ne sera pas épargné, demande pourquoi il fait ce sacrifice.

Il change de sujet, parle du fait que la naissance du bébé doit approcher.

—J'ai pas vraiment de dons, finalement, le coupe-t-elle. Je sais plus du tout ce que tu fais ni même où tu te trouves.

—C'est parce que je suis invisible, voyons. Invisible et en guerre.

—T'as quand même l'air préoccupé.

—C'est certain, c'est vraiment la merde ici en ce moment, mais ce qui m'énerve le plus a pas rapport. Y a un gars avec qui je travaillais, Johnny. On s'est battus. Il a disparu après. Jamais revu, pas eu de nouvelles.

—Et alors ?

—Ben je sais pas, Jen, je l'avais pas mal amoché. J'ai peur qu'il revienne pour me tuer.

—Tu sais, Dave, y a ben longtemps de ça, tu m'as dit que les rêves dans lesquels tu mourais étaient tes préférés. Tu penses encore ça maintenant ?

Dave se tait.

—Penses-tu revenir un jour ?

—Je sais pas. Il y a pas une seule personne à qui j'ai pas fait de mal.

—Tu pensais encore t'en sortir par la voie facile et là tu payes pour.

—Ouain, peut-être, Jenny. Je sais pas. Je sais pu. *Sonke'nikónhrhen* – j'ai oublié.

—Je pensais que j'aurais un garçon, mais à l'échographie on a su que c'était une fille.

— Félicitations, Jenny.

— Je vais l'appeler Tiffany. J'aurais préféré un nom mohawk, mais Frank dit que c'est devenu trop compliqué.

— Tiffany, c'est très bien. Allez, faut que je me sauve. Promets-moi d'appeler Carignan. Accroche-toi, on se revoit bientôt.

Dave passe les jours qui suivent à guetter la transmission qui lui indiquerait avant tout le monde que la police, la SQ certainement, va déclencher son offensive. Il sait qu'elle viendra – les motards l'anticipent ou vont carrément la provoquer, et les Warriors ne demandent pas mieux. Le travail lui permet de garder la tête froide malgré la folie qui plane comme un brouillard, visible mais insaisissable ; il cesse de consommer toute forme de drogue, se contente de l'adrénaline et des endorphines générées par un entraînement de soldat. Si on doit se transformer pour survivre, et si une crise est nécessaire pour se transformer, alors il faut espérer la catastrophe.

24

Un soir humide au cœur du mois d'août, Dave fume des cigarettes américaines près des radios de la cave – il a dû payer le plein prix pour les obtenir, mais les locales sont infumables – et constate que le contact ne se fait plus. Quand la radio satellite, l'internet et les cellulaires échouent à transmettre les messages, donc quand il ne reste plus que l'ancienne radio à ondes courtes pour rejoindre le convoyeur ontarien qui doit bientôt recevoir sa cargaison, Dave comprend que quelque chose est en train de se produire.

Il essaie une quatrième fois, à Oka, une ligne sécurisée qui permet de joindre le téléphone d'urgence d'une cousine de Ronnie. Elle répond presque instantanément. Paniquée, elle jure ne pas avoir voulu mal faire, dit tenter de communiquer avec Ronnie depuis des heures déjà, déballe son sac à toute vitesse:

—Je pense qu'on est sur écoute. Les lignes sont pas coupées, mais il y a quelque chose de bizarre.

—Je vois pas comment ce serait possible, répond Dave. À moins que la police ait les compagnies de téléphone dans sa poche, ou qu'elle ait des gadgets que je connais pas. Calme-toi, là, qu'est-ce qui se passe? Explique. Dépêche.

La transmission se brouille. Elle crie:

—*RCMP! They're coming!*

Dave raccroche, sort de la salle en courant, s'accroche au cadre de porte avec ses deux mains, se calme en fixant le carrelage pendant une seconde. Mieux vaut jouer ses cartes avec intelligence.

Il n'y a personne dans la maison. La réserve elle-même est silencieuse, comme si elle retenait son souffle. Il essaie le téléphone, qui fonctionne. Jenny répond d'une voix ensommeillée au troisième coup.

—Je suis prêt, annonce-t-il simplement d'un ton convaincu.

—Dave... va-t'en pas, je t'en prie. Je sais pas comment je vais faire sans toi.

—*Damned if I do, damned if I don't. Konnorónhkhwa*, Jenny. T'es mon ciel et ma terre. Je t'embrasse.

—Je t'embrasse aussi, Dave. *Ó:nen ki' wáhi'* – prends soin de toi.

Il entend sa sœur soupirer, embrasser le combiné. Puis elle raccroche.

Elle n'a pas osé lui dire qu'elle l'aime, mais c'est entendu. Une grande bouffée d'air lui emplit les poumons, et Dave éprouve un espoir de fugitif. Son amour est froid. Son arme est froide. Lorsqu'on est spectateur de soi-même, tout souci passe, alors il est bon de se séparer de soi. Survivre. Rien ne perturbe Crazy Dee. Ne rien donner, ne rien montrer. « Je survivrai. Qu'ils crèvent. J'ai essayé… bon Dieu, la justice, un autre genre de monde, une belle maison… mais seul… je m'en fous. »

Avec le même appareil, il appelle Happy. C'est le Clam qui répond. Dave l'informe que certaines transmissions sont brouillées, que leurs contacts d'Oka et d'ailleurs craignent le pire ; il demande à savoir ce qu'en pense Happy, pour Ronnie. Le Clam lui dit d'attendre une seconde, marmonne quelque chose que Dave n'entend pas, puis revient en l'assurant qu'il n'y a pas de quoi s'inquiéter.

Dave revoit Jeffrey Horn en pensée.

Il aurait tué pour Bob, il tuerait pour Jenny. Il tuera pour Jeff.

Très calme, il remonte à l'étage chercher des munitions pour son gun. Il le prend d'une main assurée, insère les balles une par une dans un geste rituel – l'ultime initiation ; il abaisse le cran de sûreté. Par la fenêtre, il voit trois hommes en train de charger une voiture, une vieille familiale avec lattes de faux bois sur les flancs. Happy, James et le Clam qui mettent les voiles. Puis il voit James retourner vers la maison sur les indications de son patron. C'est mercredi, il y a réunion extraordinaire du conseil de guerre. Toute la ville s'y trouve. Happy croit la maison vide.

Ronnie laisse des armes un peu partout. Dave ouvre une armoire à balai dans le couloir de l'étage et prend la batte de baseball qui s'y trouve pendant que les pas de James résonnent dans le vestibule. Il enlève ses souliers, prévoit mentalement les déplacements, puis descend à son tour. L'adrénaline envahit son corps, circule à une vitesse frénétique : ses mains sont moites, ses jambes se raidissent, mais il avance, les dents serrées. Il fait craquer une allumette puis l'éteint entre ses doigts en retenant le rugissement qui couve en lui depuis des semaines. Dans le vestibule, des sacs contenant vêtements et objets divers attendent encore d'être chargés. James est forcément aux toilettes. Dave l'entend uriner. Il se rend près de la porte, furtif, attend que l'autre ressorte.

Dès que James se retourne en remontant sa braguette, Dave s'élance. Tenant la batte à deux mains, il envoie un coup qui atteint James au sommet de la tête. Il crispe sa mâchoire, frappe encore, et percute James en plein visage. Sa tête va s'écraser contre le mur, et il s'écroule. Dave cogne une troisième, puis une quatrième fois, avec une rage à peine contrôlée. Le bois fend les os. Ce qui doit rester à l'intérieur se répand sur le carrelage. Le corps de James ramollit pour de bon.

Dave retourne vers le vestibule, reprend son souffle. Une vieille blessure à la clavicule gauche l'élance. Il étire longuement les épaules, les bras, se sent vaguement mieux après. Il empoigne trois sacs de voyage et se dirige vers la sortie, tendu. Il prend une bonne inspiration pour se ressaisir, se concentre, puis sort par la grande porte, sa main moite agrippant bien le pistolet dissimulé par les sacs. Dehors, le Clam vérifie le moteur. Sans se retourner, Happy, son téléphone à la main, ordonne qu'on dépose les bagages à l'arrière.

Le Clam monte dans la voiture, prend le volant, démarre. Le moteur ronronne. Quand Happy retourne vers la maison, Dave se cache brièvement derrière la voiture, puis ressort pous se planter à deux mètres de la porte du conducteur.

—Hey, le Clam, fait-il.

L'autre tourne la tête.

—Quoi ? Qu'est-ce qu'y a ?

Dave tend le bras. Les sacs tombent, les masques aussi. Il lui tire une balle entre les yeux, puis se retourne vers Happy sans prendre le temps de constater le résultat de son acte. L'écho du coup de feu fait s'envoler les oiseaux. Happy a eu le temps de se retourner, rapide et raide, et de mettre sa main droite derrière son dos, mais Dave est déjà sur lui.

—*Freeze, fucker!* éructe-t-il.

Happy ne bouge plus, mais garde sa main derrière son dos. Les pensées s'entrechoquent dans la tête de Dave, comme plusieurs éclairs qui s'apprêtent à frapper un même point. Parler? Lui faire gagner du temps risque de s'avérer désastreux. Que pourrait-il dire? À part toute sa haine, il n'y a rien à dire.

Il voit la main cachée de Happy bouger, raffermissant sûrement sa poigne sur son arme. Quelques secondes passent. Dave voit dans ses yeux que son patron comprend la situation, qu'il reprend courage, est de moins en moins impressionné par la menace du pistolet ou le cadavre de son homme de main qui s'affaisse lentement hors de la voiture comme un mollusque hors de sa coquille. Happy jouera au dur jusqu'à la fin. Mais Dave a fini de jouer depuis longtemps. Les fils de son esprit s'entremêlent jusqu'à former un nœud suffisamment serré pour supprimer toute réflexion. Trois autres secondes passent dans l'immobilité complète.

—Tu fais quoi, là, Dave? Réponds, calvaire! Chu ton boss, *man*. Si tu tires, on va te retrouver, pis là...

Dave l'interrompt en pressant la détente sans sourciller. Le canon crache son feu. Happy n'a que le temps d'ouvrir la bouche, la balle l'atteint en pleine poitrine. Dave tire à nouveau. Le boss s'écroule sous l'impact, projeté sur le dos. Même si la mort est durable, mourir peut être bref. Trop bref. Dave tire encore un dernier coup sur le corps inerte.

Maintenant, s'occuper des formalités. Embarquer les deux cadavres dans leur voiture, se démener à traîner le troisième corps resté devant les toilettes après avoir enveloppé sa tête sanguinolente dans une serviette de bain pour ne pas laisser de traînée juteuse, le soulever, le coucher sur le Clam.

À bout de souffle, Dave prend place côté conducteur, abandonne son arme sur la banquette puis démarre et quitte le terrain. Il oblique sur une piste de terre battue, accélère et fonce en direction du lac. Sans trop de mal, il envoie le tout à la flotte, parvient à s'éjecter avant la rencontre entre la voiture et le plan d'eau. Le véhicule avance un peu, juste ce qu'il faut pour se remplir, puis s'enfonce tranquillement dans le lac.

Dave retourne vers la maison à la course. Il enlève à nouveau ses souliers mouillés, les jette dans le foyer extérieur, trouve des bottes à sa taille dans le vestibule du solarium, et retourne à la salle de bain, où il s'active pour faire disparaître le sang. Il frotte encore quand sa montre affiche 21 heures : la fin du conseil. Il a peut-être vingt minutes avant le retour de Ronnie. Il saisit un bidon d'essence dans le garage. À l'extérieur, il remarque qu'on voit bien le sang dans la cour. Il le camoufle avec des feuilles et des débris, met le feu au foyer avec l'essence, puis attend Ronnie sur le porche. Ses mains sont sales et son cœur est vide, mais enfin, il est libre. Le ciel s'embrase derrière lui, une étoile rougeâtre va de la terre au ciel puis explose dans une myriade de feux d'artifice incarnats.

Quelqu'un, visiblement, vient d'envoyer le signal – l'opération Néfertiti commence. Juste à point. Dave s'enfonce dans le terrain boisé sans attendre Ronnie, se dirige vers la route. La matrone et son cortège reviennent à ce moment. Il s'arrête et se dissimule, les observe pendant qu'ils entrent sur le domaine. Ils descendent des voitures et vont s'enfermer dans le manoir. Ronnie a enlevé ses talons pour mieux courir. Dave vérifie ses poches, réalise qu'il a toujours sur lui le carnet d'adresses qui contient les numéros et les fréquences de tout le réseau.

Les policiers – une véritable armée, des centaines de voitures – entrent sur le territoire de Kanesatake sans bruit. Pas de gyrophares, cette fois. Dave les voit venir du sud, se doutant bien que les barricades ont été détruites. Bientôt, ils arrivent. Il n'en avait jamais vu autant.

Un coup de feu est tiré depuis le toit dès que l'armada atteint le terrain. Une cinquantaine de voitures roulent jusqu'à se trouver à dix mètres du manoir, après quoi elles s'immobilisent subitement, puis se placent en position latérale. Les hommes se déploient. L'escouade tactique s'étend sur le terrain comme une marée noire. D'autres coups de feu proviennent du manoir – Joe, encore plus fou que son fils, tire partout. Un coup atteint un gyrophare.

Les agents se planquent, nerveux et excités. Ils restent tapis quelques minutes, puis foncent de tous les côtés. Dave s'attend à assister à un massacre qui passera à l'histoire. Mais les policiers ne tirent pas, se contentent de gagner du terrain. Le Clam n'aura pas l'occasion d'utiliser son lance-roquette. Dans le hall, ils envoient des grenades lacrymogènes. Joe répond par un tir; un agent est touché. Alors les policiers commencent à tirer, massacrant la façade. Deux porteurs de bélier débarquent d'un fourgon blindé et foncent vers la porte. Celle-ci s'effondre à la troisième tentative pendant que les fenêtres volent en éclats. Une fois qu'ils sont à l'intérieur, les coups de feu cessent. Dave se relève et fonce dans la direction opposée. Il court dans les bois avec une déplaisante impression de déjà-vu.

« Ça finira jamais », songe-t-il.

Ses bottes sont détrempées, son manteau est déchiré et taché de sang, il a froid. Sa tête est pleine d'un vide inquiétant. Il a l'impression de dépasser les mêmes arbres, de sauter par-dessus le même ruisseau et de répéter les mêmes mouvements de fuite, comme s'il vivait l'éternel recommencement de la même situation désespérée.

Le plus proche voisin de Ronnie est situé à plus de deux kilomètres, que Dave parcourt d'une traite. Il saute entre les racines, évite les obstacles avec agilité, franchit les escarpements comme un athlète.

Il s'arrête enfin devant une maison, crache, inspire et souffle par saccades pour ralentir sa respiration. Un vieux couple écoute la fusillade depuis son perron, à l'aide d'une radio qui capte les fréquences de la police. Quand Dave surgit devant leurs yeux, épuisé et en sueur, la femme l'interpelle :

— *Sakarewáhton ken* ? – es-tu blessé ?

Elle va vers lui quand elle voit qu'il ne l'est pas, lui tend la main pour l'aider à gagner l'intérieur. Elle et son mari ne posent aucune question.

25

Entre deux pages du *Gaiwijo* d'Handsome Lake qu'elle récite à sa fille de deux ans assise par terre sur le tapis, Jenny Standup réalise qu'elle n'a pas écrit à Diane Higgins depuis plus de deux mois. Jenny la considère un peu comme sa belle-sœur. La pauvre sortira dans une quinzaine de jours, après avoir purgé deux années, sur les six qu'elle devait faire avec sa mère, à la prison de Joliette. Gangstérisme, trafic de drogues, possession d'armes prohibées : elle a eu le paquet. Diane est évidemment très reconnaissante de recevoir ces lettres, promet de se ressaisir à sa sortie. Jenny se lève et va vers sa chambre.

En passant devant la fenêtre, elle aperçoit son père, assis sur la chaise berçante du balcon de la maison d'en face ; il l'a achetée il y a six mois. Michael est revenu d'on ne sait où. Il s'est montré évasif durant les premières semaines, mais a affirmé sans détour qu'il avait décidé de finir ses jours auprès des siens. La veille, Jenny lui a réappris à dire son nom en kanien'keha :

Wíshe Ióntiats. En ramassant les nombreuses poupées qui traînent dans le couloir, elle se dit qu'il s'avère être un grand-père affectueux. Dans quelques minutes, elle nourrira son fils en regardant son mari jouer avec leur fille dans la cour. *Íkkstha'*, se dit-elle pour la troisième fois depuis ce matin. Tout est bien.

Ces temps-ci, tout l'émeut.

Dans le berceau au centre de sa chambre, dont la porte reste toujours ouverte, son fils dort tranquillement.

Juste à côté, il y a la pièce qu'elle a aménagée en bureau où elle s'occupe de traduire des documents de l'anglais au kanien'keha pour le compte du conseil de bande ou le site internet officiel de la communauté. Elle pourrait écrire un courriel, les prisonniers ont maintenant accès à des ordinateurs, mais elle préfère les lettres, et Diane aussi.

La porte du bureau est fermée. Ses narines perçoivent une forte odeur de marijuana. Elle expire et soupire dans le même mouvement, s'efforce de rationaliser : Frank ne boit pas, est un bon père, et un homme doux, aimant. Mais l'odeur de sa dépendance n'en imprègne pas moins les murs. Elle ouvre lentement la porte, prend ainsi Frank en flagrant délit avec sa pipe à eau.

—Y'est 2 heures, mon loup. Tu parlais de tondre le gazon, de faire le lavage, de jouer dehors avec ta fille. Tu pourras pas faire tout ça si t'es gelé comme une bine.

Frank ne se trouble pas. Il pousse la fumée vers la fenêtre ouverte en fermant les yeux, monte le son de *Sympathy for the Devil* et dit en toussant :

—Qu'est-ce tu veux que je te dise ? Les prix sont vraiment bons, la qualité est hallucinante. Et le *dealer* fait vingt pour cent aux Mohawks. Entreprise locale, bénéfices nationaux, qu'il a dit. As-tu déjà entendu un *pusher* parler comme ça ? En tout cas, faut que tu goûtes.

—Je comprends pas... le réseau est pas tombé ? On en a pas fini avec les motards, Kanesatake, toute leur merde ? Mon fils va grandir innocent, Frank, je bougerai pas là-dessus. Si t'encourages les nouveaux trafiquants, ça va recommencer comme avant. T'as deux enfants maintenant... Frank, je te parle, là.

L'intéressé soupire, las. Ils ont eu la même discussion la semaine dernière.

—Ouais, c'est particulier. Le gars m'a dit que le *weed* provenait des States. En tout cas. La perfection est pas de ce monde, bébé. J'ai un vice du samedi, *so what* ? Je t'aime, je ramène du pain sur la table, qu'est-ce tu veux de plus ? Allez, viens plus près, fais un câlin à ton gros nounours.

La marie-jeanne est sa maîtresse, la seule qu'il se permettra, Jenny le sait, doit l'accepter. C'est un marché honnête. Elle lève les yeux au plafond et sourit, les lèvres pincées, se laisse enlacer un moment, puis tapote le bout du nez de son mari avec son index.

—Parlant de ramener du pain, j'ai fait une liste d'épicerie. Je vais m'occuper des enfants et de la maison en t'attendant. Prends ta bicyclette, parce que tu conduis pas dans ton état.

À la moitié de sa phrase, Jenny n'avait déjà plus qu'un pied dans la pièce, et c'est à travers le mur qui sépare les deux pièces, en prenant son bébé, qu'elle conclut :

—Ah, et tu veux bien aller dire à mon père qu'on mange à 6 heures ? *Niá:wen* – merci la vie.

*

Dave attend devant la prison de Joliette depuis une heure. Il reste assis dans son Rogue flambant neuf, à écouter la radio. Diane ne devrait plus tarder. Deux ans pleins – déjà, se dit-il en éteignant son téléphone qui vibre.

L'instant qui suit, c'est son autre portable qui sonne. Un empaqueteur de Détroit qui se demande où va telle boîte, qui a acheté telle autre. Dave mémorise ses stocks, ses employés, ses acheteurs, il connaît tous les aléas de son trafic par cœur. Il renseigne le gars en se moquant de sa bêtise, puis appelle Billy pour qu'il fasse suivre ce petit Blanc peu digne de confiance.

Diane sort enfin. Elle porte de vieux vêtements qu'il a déjà vus, mais son air hagard, ses cheveux ébouriffés, sa démarche traînante, tout cela l'empêche de la reconnaître tout à fait. Sans un regard pour lui, elle monte dans la voiture après avoir posé son bagage sur la banquette arrière. Dave ne prend pas la peine d'enlever ses verres fumés avant de la saluer de la tête. Ce n'est qu'une fois hors de Joliette que Diane semble se détendre. Dave lui offre une cigarette sans quitter la route des yeux. Elle la refuse. Abasourdi, il s'en allume une lui-même.

—C'est quoi, ça? une prisonnière qui refuse une cigarette? Jamais vu ça.

—Ben, c'est drôle, mais moi je pensais que le monde entier avait arrêté de fumer, que les compagnies de tabac avaient été incendiées par l'armée des saints, que toi tu vivais dans un taudis minable rongé par les rats. Ça doit être à cause de la télé j'imagine...

—Ouais, sûrement, répond Dave en activant son GPS parlant. Je t'amène à Kahnawake, ma sœur a continué de s'occuper de la maison et des chiens. Tu pourras rester là le temps de trouver mieux.

—J'imagine que je devrais te remercier, hein, Dave ? Merci d'avoir volé ma mère, de lui avoir pris sa business ? De pas avoir été là quand ça chauffait ? Merci beaucoup, Dave...

Soudain, dans la tête de Dave, c'est comme si tout le sang se répandait devant lui, recouvrant l'horizon. Tout le paysage rugit. Les rayons de soleil l'enragent. Il agrippe son volant à deux mains, lui répond sans la regarder :

—J'ai pas dit un *fuckin'* mot quand tu baisais l'autre maniaque dans la pièce d'à côté. T'as fait exprès de me rendre fou. Tu devrais savoir que la business tombait en ruines, non ? J'aurais dû me faire buster avec vous ? Moi, j'ai revampé le réseau – à partir des contacts de ta mère, c'est vrai. Mais les choses ont changé, et aujourd'hui y a personne d'autre que moi qui connaît toute la *gimmick. So, shut the fuck up !*

—*Fuck you, Dave Lahache, fuck you !*

Dave ne répond pas aux insultes. Il se range sur l'accotement, sans complètement s'arrêter. Alors qu'il se penche pour ouvrir la portière côté passager, Diane écarquille les yeux.

—Tu fais quoi, là ?

D'un geste à la fois brusque et calme, il la pousse à l'extérieur, puis va immobiliser le véhicule quelques mètres plus loin pour s'assurer qu'elle ne le rattrapera pas.

—Non, fais pas ça. Toi, mon maudit sale... *Fuck*, Dave ! Laisse-moi pas ici ! Dave ! s'époumone-t-elle.

Dave appelle un taxi à qui il donne rendez-vous sur l'autoroute, puis descend du camion. Soulagée, elle court à sa rencontre. Il ouvre la portière arrière en la regardant, sort son bagage, y glisse deux billets de vingt, et lance tout ça sur le gravier.

—Si tu penses que je suis venu ici pour toi... T'as rien qu'à t'arranger. Et oublie ça pour la maison.

Diane s'écrase sur le sol, anéantie. Elle se met à pleurer comme une petite fille, Dave ne l'a jamais vue comme ça. Il s'approche d'elle, rencontre un regard mouillé et suppliant. Il se penche jusqu'à ce que leurs visages se touchent presque et dit :

—Je t'avertis, Diane Higgins : si jamais tu parles de moi ou de mes affaires à qui que ce soit, je te passe.

Il lui saisit le menton pour la forcer à le regarder.

—*Is it fuckin' clear ?*

26

La maison n'a pas changé. Les meubles n'ont pas bougé, tous les objets se trouvent là où il les avait laissés il y a deux ans. Demain, il retrouvera ses chiens. Il se demande s'ils le reconnaîtront. Son emploi du temps pour les semaines à venir est terriblement chargé, il devrait déjà se mettre à la tâche ; il prend un moment pour respirer, s'affale dans le vieux fauteuil de son père, qu'il vient de voir en allant chercher les clés chez sa sœur.

Des retrouvailles cordiales, mais froides.

Le vieux ne s'en rend pas compte, mais il n'a plus toute sa tête. Tout à l'heure, il a passé son temps à radoter, à lui montrer des photos de ponts, se vantant d'avoir construit le pays des Yankees, sans prendre de nouvelles en contrepartie. Même s'il en avait demandé, Dave n'aurait eu que des mensonges à lui servir. Dans son monde, toute réussite doit demeurer secrète. Mais Dave n'a pas que réussi : il a triomphé. Il a trouvé son chemin, défini lui-même son rôle, ne laissera plus jamais personne le diriger. Si le sang tache, il peut aussi laver.

*

Tout sourire, Carignan sort de son nouveau bureau, salue tous les confrères qu'il croise. Il a rendez-vous au restaurant avec sa nouvelle flamme dans moins d'une heure, il n'est pas mécontent que la journée s'achève. Mais, alors qu'il approche de la sortie, son cellulaire vibre. Un agent l'informe qu'on vient de recevoir un appel d'une compagnie de téléphone : un numéro de résidence vient d'être enregistré au nom de David Lahache. Carignan note le numéro, remercie son interlocuteur pour l'information, puis appelle Eddy, toujours en poste à Kahnawake. Celui-ci lui mentionne qu'un contact anonyme vient de l'avertir du retour en ville du présumé trafiquant. Dave avait disparu avec les dernières descentes, mais son cadavre n'était pas parmi les trois corps bouffis retrouvés dans le lac artificiel de Ronnie Higgins. Depuis deux ans, le commerce a évidemment repris, mais il n'y a plus de plaintes, les indices qui mènent à des modes opératoires se font difficiles à dénicher ; la belle époque semble terminée.

*

Jenny sentait bien que son frère était encore en vie, mais ne croyait pas qu'il aurait le courage de revenir un jour, même s'il avait affirmé qu'il refuserait l'exil. Depuis qu'il est de retour, elle l'invite à souper tous les soirs. À sa grande surprise, Frank et lui s'entendent bien. Frank semble avoir oublié leur dernière rencontre. Tous deux ont vécu aux États-Unis, un point d'ancrage très solide pour faire la conversation, et ils ont beaucoup de petites choses en commun.

Mais Frank n'a pas tout de suite osé poser de questions délicates à son beau-frère. Il sait que l'exil n'est pas une situation facile, il lui a laissé le temps d'en revenir. Un soir à table, après le souper, pendant que Jenny s'affaire à endormir son fils, Frank ose enfin aborder le sujet:

—Et puis, qu'est-ce que t'as fait aux États pendant deux ans?

—J'ai fait la même chose qu'ici Frank: du *shipping*. Le tabac rapporte pas mal, j'avais quelques contacts pour le *weed* aussi.

—Et pourquoi tu reviens, au juste? T'étais dans l'eau chaude?

—Non, au contraire! J'ai consolidé le réseau. Là, je retourne à la base. Ici, c'est le centre de production, le lieu le plus important de mon entreprise. Et ça tombe bien, c'est d'ici que je viens !

Jenny revient dans la pièce pour mettre de la musique, un morceau de jungle jazz nouveau genre, très sombre, Chicago tard le soir.

– J'en reviens pas que tu sois pas recherché... T'es une ombre !

– Partout où j'ai été, ç'a toujours été le même problème : on finit par sauter quand on contrôle pas nos places. Ici, à Kanesatake, et une autre fois à Détroit y a un an et demi, ç'a été la même histoire : un Blanc gère le stock, attire trop l'attention, fait buster le réseau, et nous on tombe, avant lui d'habitude. La police nous pense pas assez fins pour gérer tout ça par nous-mêmes, demande-moi pas pourquoi. En tout cas, ils nous surveillent beaucoup moins, ça c'est certain... Des Indiens, on arrête ça pour alcool au volant. Moi, je fais pu rien de tout ça, donc je vais durer. Et pis faut dire que j'ai appris des erreurs de tout le monde ; j'ai eu la chance de commencer à une époque trouble, et j'ai survécu sans me faire attraper ni prendre de balle dans la tête.

– Finalement, tu veux plus que les Blancs touchent à la contrebande, c'est ça ?

– C'est déjà le cas. Je veux m'assurer que ça arrive plus jamais. J'ai étudié les lois canadiennes ces derniers temps, ça peut marcher...

—Quoi ça ?

—Tu vois, Frank, le *folk system* garantit la préséance du droit local sur les autres. On a le pouvoir de faire en sorte que les Blancs quittent le territoire mohawk, tous les territoires mohawks. Moi, en tout cas, je veux pu les voir dans les parages. C'est dans leur regard qu'on se sent comme de la merde. Y pourront venir acheter, traverser, mais plus habiter, et certainement pas investir. Fini les petites passes pour exploiter nos privilèges. Moi, je suis un bandit, mais je serai plus jamais le nègre des Blancs.

Frank le regarde avec une certaine admiration.

—Tu penses vraiment que ça peut fonctionner ?

—C'est déjà en branle, Frank, y a pas rien que moi qui pense à ça. Quand ça va être établi, on aura pu jamais à craindre les dérapes de ces dernières années. *Mohawks business to Mohawks, and that's that.* T'as ton bébé qui braille, là. Moi je vais me fumer un joint dehors.

Frank n'ose pas demander à Jenny la permission de l'accompagner et se précipite vers la chambre du petit pendant que Dave sort. Ce dernier a à peine le temps d'allumer son joint qu'il sent son téléphone vibrer dans la poche de sa chemise de flanelle.

—Bonsoir. Dave Lahache ?

—Lui-même. C'est qui ?

—Martial Carignan à l'appareil. On s'est jamais rencontrés, mais je pense que mon nom te dit quelque chose.

—Oui, je te replace, c'est bon. Comment t'as eu mon numéro ? Ça fait à peine une semaine que je suis revenu.

—Eh bien, y a de ces hasards, parfois. Bon retour au pays, Dave. Aie pas peur, la conversation est pas enregistrée, je t'appelle d'une ligne privée. Prends le numéro en note, veux-tu ? Alors, dis-moi, t'étais aux États ces dernières années ? Je suis sûr que tu rendais visite à ton monde de temps en temps, non ? Surtout ceux d'Akwesasne, si mes infos sont exactes. Les rapports avec les Américains sont bons dans ce coin-là, non ?

—Tu parles trop, Carignan, réplique Dave en soufflant la fumée vers la forêt. Évidemment que je me souviens de toi, grosse ordure, t'es le gars qui a tué Jeff. J'ai un horaire chargé, mais fais-toi-s'en pas, t'es haut placé sur ma liste de priorités. On va régler ça avant longtemps, promis.

—Même si Billy a jamais parlé, tous les deux, on sait qui a tué Jeff. Ce petit-là était un vrai brave qui travaillait au bien commun. Pas comme toi, Dave.

—Qu'est-ce tu veux Carignan ?

Dave semble à un doigt de raccrocher. Carignan s'adoucit :

—Dave. Hier, j'ai reçu un appel de la GRC, qui relayait un message du FBI. Y sont pas mal tannés que les trafiquants d'Akwesasne se moquent de leurs frontières. Tu m'aides à les faire tomber, ça ferait plaisir à ben du monde, pis comme ça, t'élimines la compétition et t'achètes la paix pour Kahnawake. Tu vas quand même pas essayer de me faire croire que vous êtes tous unis dans l'amour iroquois, hein Dave ?

Dave détache bien ses mots :

—On l'est, oui.

—Ah oui ? fait Carignan sans se démonter. Dans ce cas-là, explique-moi donc pourquoi les trafiquants de Kanesatake accusent ta gang d'être les fournisseurs de ceux d'Akwesasne ? On dirait qu'ils ont peur de nous... Ou bien ils ont des idées de grandeur ? Y veulent s'affranchir de votre emprise, peut-être ? Y va falloir que t'apprennes à faire des sacrifices si tu veux durer dans le milieu, Lahache. Y a trop d'enjeux pour que tu joues au con avec moi. T'as voulu te rendre où tu te trouves, maintenant tu vas jouer la *game*, sinon tu vas couler avec les autres. Ça va prendre plus de temps, mais on va tous vous pogner... avant longtemps.

Carignan a pris le ton lent et saccadé de Dave, articulant bien chaque syllabe, pour conclure son laïus, et il rit dans sa barbe, heureux de son effet.

– T'as monté en grade, Carignan ?

– Oui. Toi aussi ?

– T'as des remords pour Jeff...

– Écoute, Dave, on va arrêter de niaiser avec ça. T'as fait tout un boulot pour te rendre où t'es – d'ailleurs il y a encore des homicides non résolus dans cette affaire-là. Mais t'es pas comme les criminels habituels, et je suis prêt à prendre ça en compte... si tu m'aides.

– Tu veux que je t'aide à me fourrer ? Tu me donnes rien pis moi je donne tout, comme dans le bon vieux temps, c'est ça ?

– Je te propose un micro-traité, juste entre toi et moi. Tu m'aides à pêcher, pis moi je laisse tes poissons tranquilles. Ça calme mes boss, pis toi tu gagnes en liberté. Une prise par année me suffit. Je suis pas si gourmand.

– Donc moi je te plogue sur les dirigeants du trafic d'Akwesasne pis toi t'oublies Kahnawake ?

– T'as tout compris. T'es un gars brillant. Les têtes brûlées sont toutes là-bas, on le sait bien. Vous êtes plus discrets, à Kahnawake, et ça arrange tout le monde. Si tu acceptes, ça va te faire gagner pas mal de temps. Et te rendre puissant, au passage. Tu dis quoi ?

—Je dis... je te rappelle lundi. Je suis pas chez nous, là.

—Je suis convaincu que tu vas prendre la bonne décision, Dave. Au plaisir de jamais te rencontrer.

—Pareillement.

En raccrochant, Dave se retourne et voit Frank, qui se tient derrière lui, adossé à la porte.

—Alors comme ça, c'est payant, ta business ?

Dave regarde son beau-frère d'un air étonné.

—*Io'kerèn:'en*. Il neige.

—Non mais, sérieusement Dave, j'aurais vraiment besoin d'un petit coup de main, ces temps-ci...

—OK, passe me voir lundi, on jasera de ce que tu pourras faire pour nous.

Jenny les rejoint sur le balcon en souriant, son bébé encore gigotant dans les bras. Le silence tombe entre les deux hommes, qui répondent à son sourire ; Frank tend un bras vers sa femme pour l'étreindre, Dave ébouriffe les cheveux du petit, puis ils regardent droit devant eux. Elle s'assoit sur le banc de bois pendant que les deux hommes s'accoudent à la main courante ; tous trois contemplent l'horizon un long moment.

La neige blanche tombée la veille recouvre la vieille terre devant eux. Elle recommence à tomber, en gros flocons collants. Cette fois, elle restera. Le gel fera fendre les pierres. Bazooka demande la porte à son maître avec plaintes et regards implorants. Une buse affamée plane près du fleuve. Des nuages sombres couvrent la lune. Le ciel couleur de cendre semble proche tant il est bas.

HÉLIOTROPE NOIR

Pour tracer, livre après livre, une carte inédite
du territoire québécois dans lequel
le crime se fait arpenteur-géomètre.

Éric Forbes, *Amqui*
Isabelle Gagnon, *Du sang sur ses lèvres*
Jonathan Gaudet, *La piscine*
Christian Giguère, *La disparition de Kat Vandale*
Patrice Lessard, *La danse de l'ours*
Excellence Poulet
André Marois, *Bienvenue à Meurtreville*
Maureen Martineau, *Une église pour les oiseaux*
Marie Saur, *Les Tricoteuses*
Marie-Ève Sévigny, *Sans terre*

NOIR P

Éric Forbes, *Amqui*
Patrice Lessard, *Excellence Poulet*
Marie Saur, *Les Tricoteuses*
Marie-Ève Sévigny, *Sans terre*

Héliotrope
4067, boulevard Saint-Laurent
Atelier 400
Montréal (Québec)
H2W 1Y7
www.editionsheliotrope.com
www.facebook.com/editionsheliotrope

Achevé d'imprimer le 27 septembre 2019

Imprimé sur du Rolland Enviro,
contenant 100 % de fibres postconsommation
et fabriqué à partir d'énergie biogaz.